中島 要

御徒の女

実業之日本社

実業之日本社文庫

御徒の女　目次

第一話　貧乏くじ――十七歳　5
第二話　船出――二十一歳　49
第三話　悲雨《ひさめ》――二十三歳　93
第四話　紅《べに》の色――二十八歳　137
第五話　ふところ――三十二歳　183
第六話　神無月《かんなづき》――四十二歳　225
第七話　江戸の土――五十五歳　267
解説　青木千恵　311

第一話

貧乏くじ――十七歳

一

文政《ぶんせい》十三年（一八三〇）は春の訪れが遅かった。

三月も七日を過ぎたというのに、桶《おけ》の水が身震いするほど手に冷たい。桜も日当たりのいいところで、ようやく三分咲きだという。

縁側の拭《ふ》き掃除を終えた長沼栄津《ながぬまえつ》は、顔をしかめて雑巾《ぞうきん》を洗った。

さっき五ツ（午前八時）の鐘が鳴りやんだから、急いで洗濯をしなければ。あかぎれの手が痛むけれど、早くしないと乾かなくなる。それから畑に水を撒《ま》き、母の中食《ちゅうじき》の支度をして……衣替えの支度だって早めに取りかかっておかないと。

やるべきことが次から次に浮かんできて、やるせない思いでため息をつく。春らしさを肌で感じることはできなくても、吐く息はもう目に見えない。未《いま》だ蕾《つぼみ》の隣家の桜もじきに花を咲かせるだろう。

そういえば、去年は三月の半ば過ぎに目を覆うような大火があった。神田佐久間《かんださくま》町《ちょう》から出た火は折からの北風で燃え広がり、神田から日本橋《にほんばし》一帯を焼き尽くしたのだ。もしも風向きが逆だったら、この下谷界隈《したやかいわい》が焼け野原になっていた。

燃え上がる南の空と焼け出された人々の憐《あわ》れなさまは今もまぶたに焼き付いている。改めて火の用心を心に誓い、桶を持ち上げたときだった。

「いつ見ても栄津さんは働いているな」

声のした方に顔を向ければ、隣に住む水嶋穣太郎《みずしまじょうたろう》が生垣ごしにこっちを見ている。その人好きする笑みを目にしたとたん、十七の娘の胸は甘酸っぱい思いで満たされる。気が急《せ》くあまり足元を見ずに草履《ぞうり》を履こうとしたせいで、手に持っていた桶の水をこぼしてしまった。

よりによって、穣太郎さんの前でこんなしくじりをするなんて。

栄津はうろたえながら桶を置き、髪を覆っていた手ぬぐいを取って濡れた着物の前を拭いた。

「み、みっともないところをお目にかけまして、失礼いたしました」

「何が失礼なものか。こちらこそ掃除の邪魔をして申し訳ない」

生垣のそばまで近寄って勢いよく頭を下げれば、目にしたばかりの粗相には触れずに相手は笑みを深くする。栄津はますます落ち着かなくなり、もじもじと手ぬぐいを握り締める。

「女が家の掃除をするのは当たり前のことでございます。取り立てて、ほめていただくようなことではありません」

「当節はその当たり前のことができない女子《おなご》が多いとうちの母も言っている。働き者の栄津さんを嫁にする男は幸せだな」

真面目《まじめ》な表情で言い切られ、頬《ほお》が染まっていくのがわかる。

隣り合う水嶋家と長沼家は代々御徒《おかち》二十組の一番組に属している。穣太郎は栄津より五つ年上の二十二歳で、水嶋家の惣領息子《そうりょうむすこ》だ。恐らく二、三年の内に妻《めと》を娶って父親の跡を継ぐだろう。

長沼家では二年前に父が亡くなり、兄の史郎《しろう》が跡を継いだ。しかし、二十四になった今も独り身で、江戸患い（脚気《かっけ》）の母は立ち歩きが不自由である。ひとり家の仕事に追われる栄津にとって、穣太郎からのねぎらいは数少ない慰めだった。

この人の妻になれれば、きっと幸せになれるだろう。同じ組内の者の縁組みは禁じられているけれど、名前だけ他家の養子になるなど、抜け道がないわけではない。

思いを込めて見つめたとき、穣太郎が首をかしげた。

「だが、長沼家に嫁ぐ娘は大変かもしれないな。何でもできる栄津さんと比べられるのだから。史郎さんの縁談がまとまらないのは、そのせいかもしれないぞ」

「まさか、そんな」

続けられた軽口に栄津は苦笑してしまう。なかなか縁談がまとまらないのは、兄が身のほどをわきまえないからだ。

兄の史郎は見た目のいかつい癇癪《かんしゃく》持ちだ。おまけに学問も剣術も十人並みで、出世の見込みはほとんどない。父の喪が明けるといくつか縁談はあったものの、いずれも格下の家の見た目もぱっとしない娘ばかりだった。

長沼家の厳しい内証《ないしょう》を考えれば、そういう娘のほうがいい。お嬢さん育ちではとても務まらないだろう——栄津と母は陰でうなずき合っていたのだが、兄は承知しなかった。不満もあらわに断ってしまい、今では縁談そのものが持ち込まれなくなっている。黙り込んだ栄津を見て、穣太郎が話を変えた。

「今日は我が家でちょっとした祝い事がある。栄津さんの家にもおすそ分けがいくはずだから、楽しみにしているといい」

思い人はそう言って生垣から離れていく。その後ろ姿が消えてからも、栄津はその場にたたずんでいた。

「じょうさま、何をぼんやりしていなさる」

この世で自分を「じょうさま」と呼ぶのは、下男の治助《じすけ》ただひとりだ。栄津は「何でもないわ」と言ってから、相手の姿を見て驚いた。

「その恰好《かっこう》はどうしたの」

「これから出かけるところがありやして」

困ったような表情を浮かべ、下男が白髪交じりの髷《まげ》をなでる。その髷は明らかに結いたてで、着物は初めて見る小ざっぱりしたものだ。「どこへ行くの」と尋ねれば、なぜか相手の目が泳ぐ。

「そいつはご勘弁くだせぇ。戻りは明日になりますが、御新造《ごしんぞ》さまにお許しをいただいておりやすから」

では、母には言えて自分には行き先を言えないということか。幼い頃からそばにいた相手の隠し事に不快な思いが込み上げる。

男がめかしこんで泊まりで出かける、しかも若い娘に言えない場所と言えば、思い浮かぶのはひとつしかない。栄津は治助を睨《にら》みつけた。

「治助、見損なったわ」

「へっ」

「いい年をして何です。いやらしいっ」

ふくれっ面《つら》でそっぽを向けば、言いたいことがわかったらしい。「とんでもねぇ」と治助が慌てる。

「とっときの着物を着て悪所通いができるほど、わっしは若くありやせん」

「だったら、どこに行くのよ」

「……昔、さんざん迷惑をかけたお人に頭を下げに行くんでさ」

決まりの悪そうな呟《つぶや》きを聞き、栄津はたちまち後悔した。

御徒は七十俵五人扶持《ぶち》の抱席《かかえせき》で、人を雇う余裕はない。せいぜい子だくさんの家に通いの小女がいるくらいだ。

治助はかつて女房に逃げられてやけを起こし、何もかも失って大川《おおかわ》に身を投げようとしたところを父に救われたと聞いている。以来、十五年もタダ働き同然で住み込み奉公を続けてきた。

迷惑をかけたということは、やけになっていた頃に世話になった相手だろう。言いにくいことを言わせたと、栄津は神妙に頭を下げた。

「ごめんなさい。邪推をして」

「なに、じょうさまも大人になったと思いやしたよ」

「あら、どうして」

首をかしげた栄津に治助はにやりとした。

「男がめかしこむのは女に会うためだと思うなんざ、一人前に色気づいた証《あかし》でござんすから」

あけすけなもの言いが恥ずかしくて、栄津は黙って下を向く。治助はさらに目尻を下げてから、いきなり「けど」と口を歪《ゆが》めた。

「いくら色気づいたからって、夜な夜なおかしなもんを顔に塗ったりしねぇでくだせぇ。あんな姿を見せられちゃ、どんな男も裸足《はだし》で逃げ出すに決まってまさぁ」

正月早々肝が冷えたと続けられ、栄津は真っ赤になってしまう。

「だから、あれは雀斑《そばかす》を取るための妙薬だって言ったじゃないの」

「それにしちゃ、効いてねぇようで」

今も雀斑の残る顔を見ながら、治助がからかうように言う。栄津は言い返すことができなくて、上目遣いに相手を睨んだ。

江戸の娘の愛読書である『都風俗化粧伝《みやこふうぞくけわいでん》』に、雀斑を治すには「白梅（梅干）、ゆすらのえだ（桜桃枝）、浮草、小皀角《きょうかく》（マメ科のサイカチの木の実）を細かにして、練りつけてよし」とあったのだ。それを顔に塗っている姿をうっかり下男に見られたのは、まさしく一生の不覚である。

口を尖《とが》らす栄津の前で、治助は「そうそう」と手を叩《たた》く。

「夜中に厠《かわや》で念仏を唱えるのも、いかがなものかと思いやす」

「あれは鼻を高くするための呪《まじな》いよ」

歯を剝《む》きだして言い返せば、治助に顔をのぞき込まれた。

「女は見た目より心ばえのいいのが一番でござんす。それに、じょうさまの顔は縁起がよくて、わっしは好きですがね」

「……それって、私がおたふくみたいだって言いたいの」

自分でも似ていると思うけれど、他人から言われると腹が立つ。年寄りはひるんだ様子で一歩下がった。

「それじゃ、そろそろ出かけねぇと。じょうさま、行ってめぇりやす」

治助は慌てて頭を下げ、そそくさと踵《きびす》を返す。年を取っても逃げ足だけは衰えないものらしい。

栄津はふくれっ面のまま桶を手に井戸端へ向かう。そしてきれいな水を桶に汲《く》み、できたばかりの水鏡に己の顔を映して見た。

怒っていても笑っているような一重の目に、しもぶくれの丸い顔。唯一の取柄は肌の白さだけれど、そのせいで雀斑が目立ってしまう。

母は「やさしそうな顔だ」と言ってくれるが、『都風俗化粧伝』にすら「しもぶくれの顔をうりざね顔に見する伝」は載っていない。

――当節はその当たり前のことができない女子が多いとうちの母も言っている。働き者の栄津さんを嫁にする男は幸せだな。

穣太郎はいつも自分を「働き者だ」とほめてくれる。しかし、容姿については一度もほめられた覚えがない。自他ともに認めるおたふく顔で、そんなことを気にするほうが滑稽《こっけい》なのかもしれないけれど。

「向井《むかい》さまのところの紀世《きせ》さんなら、こんな悩みはないんでしょうね」

小声で口に出したとたん、もっと情けなくなった。

御徒三番組組頭、向井貞亮《さだあき》の娘の紀世は、「御徒小町」の異名を取る下谷きっての器量よしだ。栄津と同じ文化《ぶんか》十一年（一八一四）甲戌《きのえいぬ》の生まれで、手習い所では机を並べた仲でもある。もっとも、長ずるにつれて口を利くこともなくなった。

むこうは百五十俵取りの組頭の娘で、誰もが振り返る器量よしである。長い袖をひるがえして稽古事に勤《いそ》しむ紀世と、たすき掛けで家の仕事に明け暮れている自分とでは、あらゆることが違い過ぎる。

――あれだけ器量がよければ、玉の輿《こし》も夢ではあるまい。

――向井さまもそのつもりで金をかけているのだろう。

昔からささやかれていたように、紀世は「大身旗本の若様に見初められた」ともっぱらの評判だった。近く旗本の養女になって輿入れするという噂《うわさ》もある。

もう少し器量がよかったら、私の毎日も少しは変わっていたかしら。

我知らずついたため息で水面の影がかすかに震えた。

二

穣太郎の母、和江《かずえ》が改まって玄関から訪ねてきたのは、九ツ（正午）を過ぎた頃だった。

「今日は赤飯を炊きましたの。ほんのお口汚しですけれど、どうぞ召し上がってくださいまし」

言葉と共に差し出された折詰をありがたく受けとりながら、栄津はにわかに胸騒ぎを覚える。穣太郎から「祝い事のおすそ分けがある」と聞いていたが、まさか赤飯をもらえるとは思わなかった。

御徒衆は上様が御成りの際にその身辺をお守りする大切な役目でありながら、役高は低い。特に水嶋家は息子ばかり三人いるため、何かと食い扶持がかさむはずだ。赤飯を炊き、まして他人にまで配るなんてよくよくのことである。栄津はためらいがちに口を開いた。

「けっこうなものを頂きまして、ありがとうございます。ところで、どのようなおめでたいことがあったのでしょう」

すると、相手はよくぞ聞いてくれたとばかりに胸を張る。

「実はこのたび、二男の又二郎《またじろう》が御徒目付《めつけ》、浅田福左衛門《あさだふくざえもん》さまの養子になることが決まったのです」

「それは、おめでとうございます」

ひょっとして、穣太郎の縁談がまとまったのか――胸をよぎった不安が晴れて、栄津の肩から力が抜ける。心から祝いの言葉を述べれば、上機嫌の相手は話を続けた。

「浅田家の御屋敷は四谷《よつや》なので、今後は顔を合わせることも少なくなると思います。ですが、あの子と栄津さんが同い年の幼馴染《おさなな じ》みであることに変わりはありません。これからもよろしくお願いしますね」

「よろしくお願いしたいのはこちらのほうです。それにしても、御徒目付さまの家に望まれるなんてご出世ではありませんか。又二郎さんも学問に励んだ甲斐《かい》があったというものです。おばさまも鼻が高《たこ》うございますね」

御徒目付は役高百俵五人扶持の譜代席である。旗本御家人を取り締まる目付の手足となって働き、本人の才覚によっては出世の望みもあると聞く。ゆえに、浅田家は家格で劣っても学問のできる又二郎に白羽の矢を立てたのだろう。

思ったままを口にすれば、和江が得意げに顎《あご》を突き出す。

「あの子が学問に励んだのは私が口うるさく言ったからです。自ら進んで書を取ったわけではありませんよ」

そう言われればそうだったと、子供の頃を思い出す。又二郎が手習いを始めた頃、栄津は生垣越しにさんざん文句を聞かされたものだ。

――母上は俺にばかり学問をしろとうるさいんだ。兄上には何も言わないくせに。

――学問ができないと養子に行けないって言うけれど、俺だって好きで二男に生まれてきたわけじゃない。

武士の家において、跡継ぎとそれ以外では子供の扱いがまるで違う。又二郎は何かにつけて、「二男なんて貧乏くじだ」とこぼしていた。

そんな幼馴染みが人並み外れて学問に励み出したのは、果たしていつ頃だっただろう。気が付くと生垣越しに顔を合わせることもなくなり、父の死後は穣太郎とばかり言葉を交わすようになっていた。

「末の利三郎《りさぶろう》さんは剣術の稽古を熱心になさっているのでしょう。水嶋家の行く末は安心ですね」

栄津が笑みを浮かべれば、意外にも和江はかぶりを振る。

「今の御時世、剣術が強くたって何の役にも立ちません。利三郎は末っ子なので、すっかりわがままに育ってしまって」

「ですが、刀を持っての御奉公が武士の本分でございましょう」

「徳川《とくがわ》さまの世で刀を使う折などあるものですか。札差《ふださし》の用心棒ならいざ知らず、御公儀で出世をするには一にも二にも学問です。それなのに跡継ぎの穣太郎ときたら学問そっちのけで戯作《げさく》を読みふけり、末の利三郎は竹刀《しない》を振り回しているのですから。本当に頭の痛いことです」

和江は眉間《みけん》を狭くして、なぜかまなざしを下に向けた。

「本音を言えば、又二郎を他家にやりたくはないのです」

さっきまで「養子が決まった」と喜んでいたくせに、急に何を言い出すのだろう。目を見開いた栄津を見ないまま、和江は小声で話を続ける。

「馬鹿なことを言っていると己でもわかっております。ですが又二郎が惣領だったらと、どれほど思ったことか。あの子なら学問吟味《がくもんぎんみ》に及第し、水嶋家の家名を上げることもできたでしょう。栄津さんもそう思いませんか」

「それは」

返事に困ることを聞かれ、栄津はとっさに口ごもる。

又二郎は実家を継ぐことができないから、必死で学問に励んだ。そして期待された通りに育ったとたん、実の親から「又二郎が惣領だったらよかった」と言われるなんて。そんなことを言うのなら、穣太郎にも同じように厳しく接すればよかったのだ。

身勝手な言い分にむっとしたけれど、相手は思い人の母親である。逆らうわけにはいかないと、とりなすように口を開く。

「他家に養子に行ったところで、又二郎さんがおばさまの血を分けた息子であることに変わりはありません。それに百俵取りの浅田家と縁が結べるのですもの。めでたいことではありませんか」

「それはおっしゃる通りだけれど」

「又二郎さんが出世なされば、実家である水嶋家を必ずや引きたててくださるでしょう。穣太郎さんはやさしく誠実なお人柄だし、利三郎さんは活発でこれからが楽しみではありませんか。私の母はおばさまをいつもうらやんでおります」

実の母を引き合いに出すと、ようやく和江の口元がほころんだ。

「そんな、うらやむだなんて……栄津さんのようないい娘さんがいらっしゃって、私のほうがうらやましく思っております。ところで、史郎さんの縁談はまだまとまらないのかしら」

「はい、兄は気難しくて」

苦笑しながらうなずけば、相手は憐れむような目を栄津に向けた。

「あなたも苦労が多いこと。史郎さんが嫁を取るのを待っていたら、いつお嫁に行けることやら」

これが他《ほか》の人から言われたのなら、笑って受け流せただろう。だが、思う人の母だと思えば、一際重くのしかかる。

こわばる顔を隠すため、栄津は足の先を見た。

「母上、水嶋さまからお赤飯をいただきました。二男の又二郎さんが御徒目付、浅田さまの養子になられるそうです」

和江が帰ってから母の満津《まつ》に告げたところ、寝ていた母が身体《からだ》を起こす。近頃は江戸患いが重くなり、起きているだけでもつらいらしい。

「それはよかったこと。又二郎さんは優秀だと聞いていたけれど、早々に養子先が見つかって和江さまも安堵《あんど》なさったことでしょう」

口では「よかった」と言いながら、母の表情は冴《さ》えない。「おつらいのですか」と尋ねれば、やつれた顔を左右に振る。それから栄津をじっと見て、言いにくそうに切り出した。

「栄津、おまえにやった蒔絵《まきえ》の櫛《くし》があったでしょう。あれを質に入れて金子《きんす》を都合しておくれ」

思いがけないことを言われて、栄津は髪に挿した大事な櫛を手で押さえる。螺鈿《らでん》細工で蝶《ちょう》を描いた蒔絵の櫛は、『都風俗化粧伝』と共に母から譲られた宝物だ。どうして急にそんなことをと、信じられない思いで目をしばたたく。

母は栄津から目をそらした。

「水嶋さまにお祝いを差し上げたくても、我が家には金子がないのです」

「ですが、お玉落ちは先月のことでございます。まだ少しはございましょう」

蔵米取りの御家人は、二月と五月と十月に札差を通じて俸禄《ほうろく》を受け取る。それを「お玉落ち」と言う。

「母上だって、この櫛はおばあさまからいただいたものだから大事になさいとおっしゃったではありませんか。それを質に入れるなんて、いくら何でもあんまりです」

今の長沼家は一度質に入れたら最後、請け出すことは難しい。「いっそ札差に」と口走れば、母が悲しそうにかぶりを振った。

「それはできません」

「どうしてです」

「父上が亡くなられてから、札差への借財は増える一方です。これ以上借金を申し込めば、御家人株を取り上げられるかもしれません」

消え入りそうな母の声に目の前が暗くなった。

父が死んでから、栄津は新しい着物を一枚も作っていない。治助と二人で畑を耕し、できる限り金をかけずにやりくりしてきた。しかし、見栄っぱりの兄は妹の知らないところで勝手に散財していたらしい。

栄津は怒りに震えたけれど、今さらどうすることもできない。固く両手を握り締めて不本意な言いつけを受け入れた。

「……わかりました。これから行ってまいります」

かすれる声を振り絞り、裾《すそ》を押さえて立ち上がる。すると、母に袖を引かれた。

「ごめんなさい。おまえにばかりつらい思いをさせて」

「母上」

「父上がもう少し長生きをしてくださっていれば……今頃はおまえを嫁に出してやれたのに」

今にも泣きそうな母を見て、栄津は唇を嚙《か》み締める。

先に謝られてしまったら、こちらは何も言えなくなる。口に出せない恨み言を心の中で並べ立てた。

そんなことをおっしゃるなら、どうして兄上を諫《いさ》めないのです。長沼家の当主になったとはいえ、腹を痛めた我が子ではありませんか。母上がそのように弱腰だから、兄上が増長するのです。

子供の頃から兄を叱《しか》るのは父の役目で、母は兄が悪さをしても「父上に叱っていただきます」と言うだけだった。だから父が亡くなって、重石《おもし》の取れてしまった兄は好き勝手を続けているのだ。

かつて又二郎は「二男なんて貧乏くじだ」と言ったけれど、妹のほうがはるかに貧乏くじだ。学問に励めば道が開ける男と違い、女は家事に励んだところでいつまで経《た》っても報われない。

黙って立ちすくむ娘の前で、母がそっと手を合わせた。

「史郎が嫁を取れば、次はおまえの番です。どうかそれまでこらえておくれ」

そのとき、自分はいくつになっているのだろう。栄津は空《むな》しさを覚えつつ、うなずくことしかできなかった。

三

三月が閏月《うるうづき》だったため、今年の梅雨《つゆ》は五月に入ると同時に明けた。

五月七日の四ツ（午前十時）前、栄津は汗をかきながら、畑のきゅうりを収穫していた。畑仕事は大変だが、育てたものが無事に実るとそれまでの苦労が報われる。

「今年は春が遅かったから、どうなることかと思いやしたが。思ったよりもたくさん実ってようござんした」

一緒に収穫している治助が上機嫌で話しかける。栄津も笑みを浮かべてうなずいた。

「ええ、ちょっと形が悪いけれど」

「なに、形なんざ食っちまえば一緒でさ。そいつが尻から出てくるときは、またもや形が違っておりやす」

「治助、そういうことは言わないで」

栄津が顔をしかめても、下男はどこ吹く風と笑っている。兄がいれば「けしからん」と怒るだろうが、タダ働きを厭《いと》わない下男のおかげでこの家は成り立っていた。

「これなんざ、じょうさまの口の形にそっくりだ」

そう言って治助が掲げたのは、「へ」の字に曲がったきゅうりである。

くだらないおしゃべりばかり続けていたら、なかなか仕事が終わらない。わざと返事をせずに手を速めると、治助もようやく口をつぐんで畑仕事に励み出した。

「じきに茄子《なす》も大きくなるし、当分青物売りは用無しでござんしょう」

今日の収穫を終えてから、治助が得意げに畑を見回す。そのとき、「栄津さん」と和江に呼ばれた。

「まあまあ、見事に実ったこと」

振り向けば、生垣越しに隣家の内儀がこっちを見ている。うらやましそうな声の響きに栄津は内心苦笑した。

水嶋家は組屋敷の余った土地を町人に貸している。だが、このところ物の値がどんどん上がっているので、地代の中身は目減りしているに違いない。そのため長沼家の畑に何かが実ると、和江は決まって寄ってくる。

さりげなく治助のほうを見れば、下男はざるに十本ほどきゅうりを載せてくれた。

「少しですが、お持ちくださいまし」

「あら、いただいてもよろしいの」

「はい、見た目は不恰好ですけれど」

又二郎は家を出たものの、水嶋家には食べ盛りの利三郎の他に二人も大の男がいる。生垣越しに差しだせば、「悪いわねぇ」と言いながら和江はうれしそうに受け取った。

「ところで、栄津さんはあの噂を聞いたかしら」

「あの噂というと」

「ほら、御徒小町の縁談が流れたという話ですよ」

「そうなのですか」

上ずった声で聞き返せば、相手がわけ知り顔でうなずく。

確かに「紀世が玉の輿に乗る」という噂はだいぶ前に聞いたものの、「輿入れした」とは聞いていない。驚く栄津にざるを抱えた隣人が耳打ちした。

「何でも役者と密通していたことを先方に知られてしまい、破談になったそうですよ。向井さまも恥知らずな娘を持ってお気の毒なことです」

「まさか、そんな」

にわかには信じられなくて、栄津は口に手を当てる。

ここ何年か言葉を交わしたことすらないが、紀世は人形のような見た目に反して気位が高かった。末を誓った相手がいながら、役者と逢引《あいび》きをするだろうか。

「何かの間違いではないのですか。紀世さんに限ってそのような軽はずみをなさるとは思えません」

「そういえば、栄津さんと又二郎は紀世さんと同い年でしたわね。幼馴染みを信じたい気持ちはわかるけれど、あの方はしたたかな娘ですよ。でなければ、身分違いの若様の目に留まることなどありえませんから」

和江によれば、紀世は去年の花見の折に三千石の大身旗本、畑山《はたけやま》家の若様に近付き、その美貌《びぼう》と手練手管《てれんてくだ》で籠絡《ろうらく》したという。

「ただ器量がいいというだけで、畑山家の若様が百五十俵取りの御家人の娘を妻に望んだりするものですか。祝言を挙げる前に若様の子を身籠《みごも》ってしまい、外聞を憚《はばか》ってひそかに流したという噂すらあるのですよ」

「そ、それが本当なら、なおさら紀世さんがお気の毒です。いくら大身の若様でも、年頃の娘を弄《もてあそ》んだ挙句に捨てるなんて」

生々しい男と女の裏話に他人事ながら憤る。だが、三人の息子を産んだ母親はころころと笑った。

「まあ、耳まで真っ赤になって。栄津さんは本当にかわいらしいこと」

「おばさま、おからかいにならないで」

「私はからかってなどおりません。それに、紀世さんのことはみなさま知っていることですもの。こんな醜聞が広まった以上、いくら美人でもあの方を娶ろうというもの好きは現れないでしょう」

いい気味だと言いたげな表情で和江は言い切る。そして、きゅうりの礼を言って生垣から離れていった。

「いやはや、女ってなぁおっかねぇ」

黙って控えていた治助がわざとらしく身震いする。栄津はうなずくことも、首を横に振ることもできなかった。

和江はあきらかに紀世の破談を喜んでいた。年や立場が違っても、女は美しい女を目の敵にする。自分だって心の片隅では「いい気味だ」と思っているではないか。女というのは本当に罪深いものだと栄津は空恐ろしくなった。

兄の縁談を知らされたのは、その十日後の昼下がりだった。

「よりによって紀世さんを娶るなんて……兄上、本気でおっしゃっているのですか」

「向井さまは俺を見込んで、御徒小町の婿に選んでくださったのだ。ありがたくお受けせねばなるまい」

そう語る兄はめったに見ないほど上機嫌である。

ひょっとして、兄は紀世の噂を知らないのか。栄津はごくりと唾《つば》を呑《の》んだ。

「こう申しては何ですが、紀世さんにはとかくの噂が」

「あんなものは根も葉もない言いがかりだ。おまえと紀世殿は一緒に手習いをした仲だろう。そんなふしだらな娘だと思っているのか」

「で、ですが、火のないところに煙は立たぬと申しますし」

「馬鹿馬鹿しい。いずれも紀世殿の器量を妬《ねた》んだ女たちが勝手に作り上げたでまかせだ。向井さまはできるだけ早く祝言をとおっしゃっておられる。これ以上余計なことを申すと許さんぞ」

めずらしく食い下がる妹に兄は苛立《いらだ》ちを隠さない。栄津は気まずくうつむいた。

「……母上もご承知なのですか」

「無論だ。ひねくれ者のおまえと違って心から喜んでくださった」

兄は妹を睨みつけると、足音も荒々しく部屋を出ていく。障子の閉まる音を聞きながら、栄津は途方に暮れていた。

組頭の娘で器量よしとはいえ、醜聞にまみれた娘を見栄っぱりの兄が妻に迎えるとは思わなかった。

噂が根も葉もないものだとしたら、組頭さまが兄を婿に選ぶものか。きずもので他に引き受け手がいないから、押し付けられたに決まっている。

組屋敷の人々もこの縁談を耳にすれば、噂が本当だと確信するに違いない。先のことを思い浮かべ、栄津の背中は粟立《あわだ》った。

――こんな醜聞が広まった以上、いくら美人でもあの方を娶ろうというもの好きは現れないでしょう。

大身の若様の子を流した挙句、役者と深い仲になって破談にされたふしだらな娘――そんな相手を妻にすれば、兄だけでなく栄津や母も笑いものになる。長沼家の家名は地に堕《お》ちて、自分の縁談にも差し障りが出るだろう。

何より紀世は習い事に追われ、家の手伝いなど一切していないはずだ。貧しい長沼家の嫁が務まるとは思えない。

やはり兄上にもう一度考え直すように言わなければ。いや、その前に母の考えを確かめたほうがいい。気を取り直して母の部屋に行ったところ、襖越《ふすまご》しに兄と母の声が聞こえた。

「では、向井さまは紀世さんに高額の持参金を付けてくださると」

「そうです。我が家の内証が厳しいのをご存じで、今後は身内として力を貸してくださるとおっしゃっておられます」

「それは、ありがたいけれど……紀世さんに我が家の切り盛りができるかしら」

困惑まじりの母の声に栄津が大きくうなずいたとき、兄がすかさず言い返した。

「別にできなくてもいいでしょう。我が家には栄津がおりますから」

「でも、栄津は紀世さんと同い年です。遠からず嫁に出すのですよ」

「栄津を娶りたいというもの好きな男などいるものですか。ずっと家で手伝いをさせておけばいい」

心無い兄の言葉に栄津はその場で凍りつく。「それでは栄津がかわいそうです」と母が言い返してくれたけれど、兄は聞く気などないようだ。すぐさま皮肉っぽい声がした。

「あいつを嫁に出すとなれば、それなりの金がかかります。我が家の内証が苦しいことは母上だってよくご存じのはず」

「だからといって」

「下手《へた》に嫁いで苦労をするより、実家にいたほうが栄津だって幸せです。母上だって組頭の娘には何かと遠慮があるでしょうし、実の娘がそばにいたほうが重宝するのではありませんか」

息を殺して返事を待ったが、母の声は聞こえなかった。我が子であっても当主の兄にこれ以上は言えないらしい。それとも兄の言う通り、娘の幸せよりも自分の都合を優先したのか。

栄津は歯を食いしばり、足を忍ばせて家を出た。

四

下谷広小路《ひろこうじ》は寺社にお参りする善男善女、そして人混みにまぎれて出合茶屋《であいぢゃや》に向かう不届きな男女であふれている。

梅雨明けの強い日差しの下、息苦しいほどの蒸し暑さだ。栄津は額の汗をぬぐいもせず、行く当てもなくさまよっていた。

聞いたばかりの兄の声が耳の奥で鳴り響く。おかげで、騒がしい周囲の音が少しも耳に入ってこない。あちこちで客引きが声を上げ、たった今も冷水売りがすぐそばを通っていったのに。

——働き者の栄津さんを嫁にする男は幸せだな。

半分はお世辞だとしても、穣太郎はそう言ってくれた。どうして実の兄からあんなことを言われなくてはならないのか。

生まれた家で女中のように一生こき使われるなら、いっそ今すぐ儚《はかな》くなりたい。そうすれば、身勝手な兄だって妹のありがたみを思い知るに違いない。

半ばやけになって物騒なことを考えたとき、「栄津さん」と大声で名を呼ばれた。

「ひとりでこんなところを歩いていたら危ないだろう。それに顔色が真っ青じゃないか。いったい何があったんだ」

ぼんやり顔を上げれば、浅田家に養子に行った又二郎が目の前に立っている。栄津は驚いて立ち止まった。

四谷にいるはずの幼馴染みがどうしてここにいるのだろう。まだ日が高いから、学問所の帰りとも思えない。ひょっとして、実家の水嶋家に行くところだったのか。

黙ってあれこれ考えていたら、相手は小さく舌打ちした。

「二人でいるところを他人に見られたら厄介だ。栄津さん、こっちへ」

人目を避けるようにして連れていかれたのは、広小路のそばの貸本屋、藤屋《ふじや》である。又二郎が懇意にしている店らしく、手代が愛想よく出迎えてくれた。

「これは又二郎さま、いらっしゃいまし」

「すまないが、今日は客じゃない。知り合いの具合が悪いので、少し休ませてやりたいのだが」

「それはお気の毒でございます。どうぞゆっくりしていってくださいまし」

栄津の様子を見て納得したのか、手代が奥に案内してくれる。出されたお茶を一口飲んで、又二郎は栄津に聞いた。

「ひとりで盛り場をうろついているなんて、真面目な栄津さんらしくもない。いったい何があったんだ」

「……又二郎さんこそ、どうしてこんなところにいるの。浅田さまの御屋敷は四谷でしょう」

出世した幼馴染みにみじめな身の上を知られたくない。気まずい思いで目をそらせば、又二郎が眉《まゆ》を寄せる。

「相変わらず栄津さんはかわいくないな」

何気ない一言が胸の奥に突き刺さった。

——栄津を娶りたいというもの好きな男などいるものですか。

どうせ自分はかわいくない。そのせいで嫁に行くこともできないのだと思ったら、勝手に涙があふれてきた。

「おい、急にどうしたんだ」

焦ったような顔をされ、栄津はとうとう泣き出した。

「又二郎さんがうらやましい……私も男に生まれたかった」

そうすれば、自分の努力次第で養子に行くことができる。兄の都合で実家に縛りつけられることもなかっただろう。洟《はな》をすすって訴えたとたん、又二郎は今までにないほど顔をしかめた。

「馬鹿を言うな。養子の気苦労といったら、並大抵のものではないんだぞ。泣き虫の栄津さんに耐えられるものか」

「そ、そんなことないわ。死ぬまで実家でタダ働きをさせられるより、はるかにましじゃないの」

「なんだ、それくらい。養子はいつ追い出されるかわからないんだぞ」

「追い出されたら、実家に戻ればいいでしょう。一生家から出られない身の上より、よほどいいわ」

「家から出たことのない者に他家に行った者の苦労がわかるものかっ」

相手の語気の鋭さに栄津は驚いて目をしばたたく。出来のいい又二郎に悩みなどないと思っていたが、そんなことはなかったらしい。

「浅田さまのところは、そんなに居心地《いごこち》が悪いの」

恐る恐る尋ねれば、又二郎が悔しそうに唇を嚙む。ややして「怒って悪かった」と頭を下げた。

「栄津さんの悩みを聞くつもりだったのに、八つ当たりをしてしまった」

「そんなこと……又二郎さんに会えてよかったわ」

又二郎に会って話をするまで、いっそ消えてしまいたいと思っていた。だが、目の前の幼馴染みも同じような思いをしていたらしい。つらいのは自分だけじゃないと知って、息をするのが楽になる。

「兄上は私を嫁がせるつもりがないみたいなの。ついさっきそれを知って、すっかり動揺してしまって」

正直に白状すれば、又二郎は意外なことを言った。

「別に、それでもいいじゃないか」

「えっ」

「よく知らない男と添って苦労をするより、実家で暮らしたほうが幸せというものだ」

「馬鹿なことを言わないで。女の幸せは妻となり、子を産んで育てることよ。又二郎さんだって部屋住みで終わるのが嫌だから、学問に励んだんでしょう」

眉をつり上げて言い返せば、又二郎はうつろな目をした。

「そうだ。そうすれば幸せになれる、それより他に道はないと母にさんざん言われたからな。けれど、そんなものは嘘《うそ》っぱちだ。養子先では実家にいるときよりも勉学に励めとうるさく言われる。学問吟味でしくじれば、すぐに追い出されるだろう」

そう語る幼馴染みの顔は見るからに疲労の色が濃い。

又二郎が浅田家に行って三月と経っていないのに、ここまでやつれてしまうなんて。浅田家の養父母はそれほど養子に厳しいのか。返す言葉に迷っていると、又二郎は自嘲《じちょう》めいた顔になる。

「俺は高額の持参金付きで養子に行ったわけじゃない。期待外れだと思われたら、あっという間にお払い箱さ」

「浅田の父からそう言われている。栄津さんも嫁に行ったら必ず幸せになれるなんて、浅はかな夢は見ないことだ」
「でも、私は」
　穣太郎さんの妻になりたい――秘めた願いは寸前で呑み込んだにもかかわらず、
又二郎はさらりと言った。
「御公儀の定めで、同じ組の家の者が縁を結ぶことはできない。栄津さんが兄上を
思ったところで妻になることはできないぞ」
　そんなことは又二郎にわざわざ言われるまでもない。名前だけの養子には、少な
からぬ持参金が必要だ。まして兄は最初から妹を嫁に出す気などないのだから。
「……私は、別に、そんなこと」
　思っていないと言おうとして、言葉の代わりに涙が出てくる。
　胸の内を幼馴染みに知られていたというばつの悪さと、ひそかな望みを絶たれた
つらさ――その二つが渦を巻き、栄津の胸の中は嵐の後の踏み荒らされた地べたの
ようだ。
　もしかしたら、穣太郎さんもその気があるかもしれないなんて、何を思い上がっ

ていたんだろう。両手で顔を覆ったとき、又二郎の声がした。

「なあ、一緒に伊勢《いせ》に行かないか」

言われたことの意味が摑《つか》めず、指の間から涙に濡《ぬ》れた目を向ける。又二郎は真剣な表情でこっちを見ていた。

「御蔭《おかげ》参りをしたら、あらゆることが許されるという。商家の小僧も柄杓《ひしゃく》を持って伊勢を目指していると聞くぞ」

「でも」

「この先黙って耐えたところで、いいことなんてありゃしない。だったら、思い切ってやってみないか」

いつもの栄津であれば、考える間もなく断っただろう。

だが、今はどうしても組屋敷に帰りたくない。又二郎に促されるまま、手代に礼を言って店を出る。

「栄津さん、こっちだ」

又二郎はそう言って新黒門町《しんくろもんちょう》のほうへ歩き出した。

まさかこのまま本当に伊勢を目指して旅立つつもりか。

御家人は公儀の許しがないと江戸を離れることはできない。それとも御蔭参りなら、勝手をしても許されるのか。

二人揃《そろ》って姿を消せば、傍目《はため》には駆け落ちと見なされるだろう。下手をすれば、紀世の醜聞よりも世間を騒がすかもしれない。そう思ったらたちまち足が重くなり、前を歩く又二郎との間が一足ごとに開いていく。

思いとどまるなら今のうちだと頭の中で声がする。

それでも足を止めないのは、兄のいる組屋敷に戻りたくないからだ。泣きたい思いで前を行く背中を見つめたとき、耳に馴染んだ声がした。

「じょうさま、こんなところにいなすったのか。おや、前にいるのは又二郎さまじゃありやせんか」

「治助」

人混みをかき分けて、忠義者の下男が現れた。

いなくなった栄津を案じてずっと捜していたのだろう。息を切らした下男を見て、栄津は安堵の息をつく。前を行く又二郎も立ち止まって振り返った。

「若いお二人だけでどこへ行かれるんです。世間の口がござんすから、わっしもお供させてくだせぇまし」

下男の申し出に又二郎はうつむく。ややして重いため息をつき、かぶりを振った。

「いや、いい。栄津さんは治助と組屋敷に帰れ。俺も四谷に戻るから」

そして、こちらの返事を待つことなく西に向かって歩き出す。その足が向かう先は、果たして本当に四谷なのか。

栄津は呼び止めることもできず、黙って又二郎を見送った。

五

組屋敷に戻ったとき、兄の姿は見えなかった。治助に聞けば、向井さまのところへ行ったという。

「それより、じょうさまは又二郎さまとどこへ行くつもりだったんで」

「別に……たまたま顔を合わせたから、ちょっと歩いていただけです」

「史郎さまの縁談のことは、さっき御新造さまから聞きやした。これからますます人の目がうるさくなりやしょう。軽はずみな真似《まね》は控えてもらわねぇと」

怒ったような声で言われ、栄津はとっさに治助を睨む。

仮に醜聞が立ったところで、今さらどうということはない。自分は死ぬまで実家に縛られ、便利に使われるのだから。

「ねぇ、治助はいつまでここにいるつもりなの」

「じょうさま、いきなり何を言い出すんです」

「治助は父上に命を救われて、その恩を返すためにタダ働きをしていたんでしょう。父上はもういないんだもの。出ていったってかまわないのよ」

思ってもいない言葉が勝手に口からこぼれ落ちる。だが、いったん口にすれば、それが正しい気がしてきた。

「わっしがいなくなったら、じょうさまが困るんじゃありやせんか」

「だとしても、気にすることはないわ。治助にはさんざん世話になったもの」

捨て鉢な気持ちでうそぶけば、年寄りは苦笑して懐から手ぬぐいを差し出した。

「本当はじょうさまがお嫁に行くときに渡そうと思っていたんですがね」

手ぬぐいの中から出てきたのは、母に言われて質に入れた蝶の蒔絵の櫛である。聞けば、質入れした翌日に請け出したという。

栄津は目を丸くして、震える声で治助に聞いた。

「どうしてこれを……うちにお金はなかったはずよ」

無論、治助だって金はないに決まっている。奉公先の長沼家が給金を払っていないのだから。すると、相手は落ち着かなげに身体を揺すった。

「そいつを聞かれると思ったから、ほとぼりが冷めるのを待っていたんでさ。実は、娘にもらった金を使いやした」

「娘って……治助に身寄りはいないはずでしょう」

だからこそ、治助は死のうとして父に助けられたはずだ。うろたえる栄津の前で、治助がきまり悪そうに顎をかく。

「じょうさまは覚えていらっしゃるかどうか。この春、わっしがめかしこんで出かけたことがあったでしょう」

言われて、栄津はうなずいた。

「あのときは『迷惑をかけたお人に頭を下げに行く』と言っていたじゃないの」

「へえ、わっしはこれより上はねぇってくらい娘に迷惑をかけたんでさ」

それから治助は栄津の知らない身の上話を語りだした。

女房が男と逃げた後、やけになった治助は仕事もせずに博奕場《ばくち》に入り浸った。その挙句、負けが込んで五十両もの借金を作り、十五のひとり娘を借金の形《かた》として売ることになってしまったという。

「娘が連れていかれるとき、わっしは何も言えなかった。娘に申し訳なくて、自分が情けなくて……こんなひでぇ父親を持って、さぞかし怒っているに違いねぇ。そう思っていたら、別れ際にあいつが言いやがった」

――おとっつぁん、元気でね。

涙をこらえて呟いた娘がいなくなってから、治助は身も世もなく泣き崩れたそうだ。

借金を作ったのは自分なのに、どうして娘が身体を売って返さないといけないのか。そして娘を取り返そうと、わずかに残った金を握って性懲りもなく博奕場に出かけた。

「けど、そこで目が出るくらいなら借金なんてこさえちゃいやせん。またぞろすってんてんになっちまって、馬鹿なてめぇに今度こそ愛想が尽きやした」

自分のような役立たずは生きていたって仕方がない。どうせなら、女房に逃げられたときに死んでいればよかったんだ――そんな後悔に苛《さいな》まれて大川に身を投げようとしたところを、たまたま通りかかった栄津の父に止められたという。

「そのとき、旦那さまがおっしゃいやした。我が家には幼い娘がいる。実の娘に取り返しのつかない真似をしたというのなら、罪滅ぼしのつもりでうちの娘をかわいがってくれと。その言葉でわっしは思いとどまったんです」

生きている限り、不幸にした娘に合わせる顔はない。ならば、残りの命を長沼家と栄津のために捧《ささ》げよう。治助はそう考えて奉公を続けてきたらしい。

「ですから、春に娘の使いが来たときは驚きやした。わっしは今の住まいを娘に知らせちゃおりやせんから」

十五年前、娘を宿場女郎として売ったときに親子の縁は切れている。娘もそのつもりだろうと思っていたが、そうではなかった。

「うちの娘は見た目こそ十人並みだが、心根はとびっきりのべっぴんだ。五年前、そいつを見込んだ客に身請けをされて、今は品川《しながわ》の小料理屋で女将《おかみ》をやっていたんでさ」

自由の身になった娘は行方《ゆくえ》のわからない父親を捜し続けた。そしてとうとう見つけ出し、会いたいと言って寄越したらしい。

「生死のわからねぇ父親を五年も捜し続けたのは、てっきり恨みを言うためだろうと思っていやした。ところが、あいつは一言もわっしを責めないばかりか、一緒に暮らそうと言ってくれたんでさ」

その気持ちはありがたいが、すぐさまうなずけるほど治助は図太くできていない。今の暮らしは娘が苦労の果てに摑んだものだし、栄津のことも気にかかる。「今さら甘えるわけにはいかねぇ」と断れば、「だったら、これを」と金を押し付けられたとか。

「逃げた女房もわっしもろくでなしだったのに、どうしてあんなできた娘が生まれたんですかねぇ。神仏もおかしなことをなさいやす」

いつの間にか涙声になった年寄りの顔は本当にうれしそうだった。そして、そんな顔をさせた治助の娘に頭の下がる思いがした。

もし娘が父を恨んでいたら……手を尽くして捜した果てに「一緒に暮らそう」と言わなければ……治助は死ぬまで後ろめたさを抱き続けていただろう。

「そんな大事なお金を使ってしまってよかったの」

「へえ、じょうさまのためでござんすから」

治助はうなずき、栄津の顔をまっすぐに見た。

「じょうさまは今、己が貧乏くじを引いたと思っているに違いねぇ。けど、うちの娘に比べりゃ、てぇしたこたぁねぇと思いやせんか」

その元を作った相手に言われる筋合いはないけれど、その通りなので言い返せない。栄津はしかめっ面でうなずいた。

「貧乏くじってなぁ、命を落とすこともありやす。それでも、誰かしらが引かなくちゃならねぇんでさ」

「……そうね。ひょっとしたら紀世さんだって、とんだ貧乏くじだと思っているかもしれないわね」

本当なら大身旗本の奥様になるはずが、実家より格下の冴えない男に嫁ぐことになったのだから。噂が本当なら自業自得とも言えるけれど、本人にしてみれば耐え難い苦しみに違いない。

栄津は蒔絵の櫛をなで、ありがたく髪に挿した。

「私ばかり苦労をしていると思っていたけど、そんなことはなかったのね。むしろ、ましなほうかもしれないわ」

だって、治助がいてくれるもの。

栄津が小声で付け足せば、下男は泣き笑いの顔で洟をすすった。

そして、幼馴染みの又二郎もまた貧乏くじを受け入れたらしい。数日後、穣太郎から「変わらず学問に励んでいる」と聞き、栄津は胸をなでおろした。

紀世が長沼家に嫁いできたのは、それから二月後《ふたつき》のことだった。

第二話　船出

――二十一歳

一

昨年は米の出来が悪かったらしく、江戸の米価は高騰した。

御公儀は蔵米を払い下げたり、町会所も施米を行ったりしたけれど、江戸に住む貧乏人はそれこそ星の数ほどいる。その上、田畑を捨てた百姓が日々流れ込んでくるため、九月には腹を空《す》かせた人々による暴動が起きた。

あれから一年、微禄《びろく》の御家人の暮らしはますます苦しくなっているが、食べる米があるだけでありがたいと思うべきだろう。

天保《てんぽう》五年（一八三四）九月三日、栄津はそんなことを考えながら、隣に住む和江の愚痴を生垣越しに聞いていた。

「本当に町人上がりなど嫁にするものではありませんよ。何の心得もないくせに、口ばかり達者なのですから。障子の桟《さん》にほこりが残っていると教えてやれば、『義母《はは》上《うえ》はお年のわりに目がよろしくていらっしゃる』と嫌みを言う始末なのです。私はもう悔しいやら、情けないやら……」

「まあ、そうでございますか」

「私は姑《しゅうとめ》に口ごたえをしたことなど一度だってありませんのに。うちの嫁ときたら、素直に謝ったことがないのです」

唾を飛ばして憤る和江は、嫁いですぐに姑が亡くなったと前に聞いた覚えがある。栄津は悩みのなさそうなおたふく顔を引きつらせつつ、「おばさまも大変でございますね」と逆らうことなく返事をした。

何だかんだと文句を言っても家事は嫁任せの姑と違い、こっちはひとりで家の仕事をこなしている。九月に入って日のある間はますます短くなっている。お天道様が頭上で輝いているうちにやるべきことがたくさんあった。

とはいえ、余計なことを言えば、思い込みが強くて好き嫌いの激しい和江にどんな噂を流されるか、わかったものではない。早く終わってくれないかと焦《じ》れている間にも相手の愚痴は続いていく。

「しかも、二言目には『実家の父に頼みます』とえらそうに。生まれた家は商家であっても、小普請《こぶしん》組、斎藤源右衛門《さいとうげんえもん》さまの養女として我が家に嫁いできたからには、実家と言えば斎藤さまのところのはず。そんなことさえわきまえずに、武家の妻とは片腹痛い。生まれ持った卑しい性根は一生変わらないのでしょう」

和江は鼻の穴をふくらませ、苛立たしげに右手を振る。すると、揺れた袂《たもと》が生垣の伸びた小枝にひっかかった。

「あら、私としたことが」

相手はにわかに顔色を変え、慎重に枝を払いのける。新しい袷《あわせ》に傷が付いたら一大事だと思ったらしい。

同じ御徒である水嶋家のおおよその内証は見当がつく。米価高騰のあおりを受けて諸色《しょしき》が値上がりしている今、御公儀からの俸禄だけでは食べるだけで精一杯、着物を誂《あつら》える余裕なんてこれっぽっちもないはずだ。それこそ嫁の実家の金で誂えた物に違いない。

金が目当てで娶っておいて、今さら「卑しい性根」だなんてよくも言えたものである。それほど気に入らないのなら、「家風に合わぬ」と追い出せばいい。くすぶる非難を呑み込んで、栄津はそっと目をそらした。

水嶋家の惣領、穣太郎が嫁を取ったのは、今から二年前の秋のことだ。相手は下谷の貸本屋、藤屋の娘の蕗《ふき》である。戯作好きの穣太郎は、藤屋に顔を出すうちに思い合うようになったらしい。

藤屋は二代続く貸本屋で、十間間口の大店《おおだな》である。穣太郎と蕗が一緒になる前、和江は言い訳がましく「穣太郎のたっての願いで」と繰り返したけれど、当の穣太郎はそれを知って苦笑した。

——母上に破格の持参金付きという出戻りを押し付けられそうになってな。慌てて蕗を口説いたんだ。

その言葉を聞いたとき、栄津は鈍い痛みを感じた。

兄が醜聞にまみれた三番組組頭の娘、向井紀世を娶ったとき、和江は長沼家をあからさまに見下した。だが、本音は高額の持参金がうらやましかったに違いない。

穣太郎は母の思いを察して大商人の娘を娶ることにしたのだろう。

ともあれ、どういう事情があろうと、ひそかに思っていた相手が祝言を挙げることに変わりはない。一呼吸置いて「おめでとうございます」と頭を下げれば、「母はああいう人だから、蕗も苦労するだろう。栄津さんは仲良くしてやってくれ」と頼まれた。

——働き者の栄津さんを嫁にする男は幸せだな。

かつてそう言った唇から妻となる娘を案じる言葉が紡がれる。ただの隣人という己の立場を改めて思い知らされて、唇を強く嚙み締めたものだ。

その折の胸の痛みがよみがえった気がしたとき、和江が恨めしそうに呟いた。

「養子に行った又二郎は昨年学問吟味に見事及第したというのに、惣領の穣太郎はどうしてこう不甲斐《ふがい》ないのか。やはり穣太郎を廃嫡《はいちゃく》して、二男の又二郎に水嶋家を継がせるべきでした」

「おばさまには利三郎さんもいらっしゃるではありませんか。天下に名高い千葉《ちば》道場に通い、剣の腕を磨いていると聞きましたよ」

面倒な話題を避けるつもりで、栄津は三男の名前を出す。たちまち相手は目尻をつり上げ、口の端を震わせた。

「剣術ができたところで何になるというんです。無駄に身体を動かして腹を空かせるくらいなら、じっとしていればいいものを」

その剣幕にただならぬものを感じ、「何かあったのですか」と声をひそめる。和江は肩を怒らせて、勢いよくまくし立てた。

「昨日、利三郎が道場仲間だというむくつけき男たちを連れてきたのです。それが揃いも揃って遠慮を知らない大食漢で、我が家の米櫃《こめびつ》を空にしたのですよ」

「まあ、それは」

「今の江戸で米がいかに高価なものか、栄津さんならわかるでしょう。利三郎ときたら、その大事な米を赤の他人に食べさせたりして……千葉道場の門弟なんて、火事の際に焼け死んでしまえばよかったのです」

和江が口にした「火事」とは、今年の二月に神田《かんだ》から日本橋一帯を燃やし尽くした大火のことだろう。

しかし、どれほど腹が立ったとしても、「焼け死んでしまえばよかった」なんて断じて言うべきではない。もし風向きが違っていたら、焼け出されたのは下谷に住む自分たちだったかもしれないのだ。

我知らず眉をひそめたとき、幼い子の泣き声がした。栄津は弾《はじ》かれたように振り返り、それから和江に頭を下げる。

「おばさま、すみません。史穂《しほ》が泣いておりますので失礼します」

「あら、紀世さんはまた出かけているのね。栄津さんは本当に大変だこと」

呆《あき》れたというより憐れむような声を背に受けて、栄津は急いで部屋に駆け込む。

「どうしたのです」と声をかければ、四つの姪《めい》はしゃくりあげながら顔を上げた。

「栄津ねえしゃま」

舌足らずに栄津の名を呼ぶ小さな顔は、真っ赤な紅で汚れている。姪は母親の留守をいいことに化粧の真似事《まねごと》をしていたらしい。

「母上のものを勝手に使ってはいけませんよ」

「だって、かあしゃまはいつもいないんだもの」

どうやら母が恋しくて、真似をしようとしたようだ。真っ赤な紅は口だけでなく頬骨の下まではみ出している。

姪は己の顔を鏡で見て、怖くなって泣き出したらしい。

「史穂の顔、口が裂けちゃった。ねえしゃま、どうしよう」

無論、はみ出した紅のせいでそう見えるだけだが、動転している四つの子にそんな道理はわからない。縋《すが》るような目を向けられて、栄津はしかつめらしく言う。

「史穂が悪さをするから、神仏の罰が当たったのです。史穂の顔は一生そのままかもしれませんね」

「そんなの嫌っ。ねえしゃま、ごめんなさい。二度としないから、神しゃまと仏しゃまに許してもらって」

叔母の嘘を真に受け、史穂は畳に突っ伏して泣きじゃくる。栄津は姪の小さな背中をなだめるように叩いてやった。

「嘘、嘘ですよ。ちゃんと元に戻りますから、まずは手をお出しなさい」

紅が付いた顔や手で畳や着物に触られては厄介だ。栄津は懐から懐紙を出すと、紅葉《もみじ》のような手から紅を拭き取る。それから顔もぬぐってやった。

「ほら、鏡を見てごらんなさい」

そこに映った顔を見て、史穂はようやく笑みを浮かべた。

「ありがとう、ねえしゃま」

「本当に人騒がせなんだから。このことは母上に言いますからね」

再び低い声で叱ったところ、四つの子が一人前に眉を寄せる。ねだるように袂を引かれたけれど、栄津は大きくかぶりを振った。

「紅は高価なものなのですよ。知らぬ間に減っていたら、母上だっておかしいと思うでしょう」

「でも」

「黙っていたら、母上は私が使ったと思うはず。史穂は私が代わりに叱られてもいいのですか」

あえて強い調子で言えば、姪は袂を手放してうなだれる。腰のあたりにあるおかっぱ頭を栄津はやさしくなでてやった。

「ですから、私が話す前に史穂から母上に謝りなさい。そうすれば、母上のお小言も少しは短くなるでしょうから」

「ねえしゃま、大好きっ」

うれしそうな史穂にしがみつかれ、栄津も笑みを浮かべた。

美貌の義姉の子だけあって、史穂は人形のようにかわいらしい。長じれば、この子もまた「御徒小町」と呼ばれるのだろう。

しかし、実の両親は揃って我が子にそっけない。恐らく、史穂が生まれたときからささやかれている噂のせいで。

――月足らずで生まれてくるなんて、誰の子かわかったものじゃないな。

――長沼史郎はそれを承知で娶ったんだろう。でなければ、あの冴えない男に「御徒小町」が嫁ぐものか。

兄に嫁いでわずか三月後、紀世の懐妊があきらかになった。

本来ならば喜ばしい知らせにもかかわらず、紀世には嫁入り前の噂が山ほどある。口さがない人々は好き勝手に勘繰った。紀世が実家で子を産んだこともさらなる憶測を呼んだようだ。

――義理の母に血のつながらない孫を取り上げてもらうのは、さすがに気が咎《とが》めたのだろう。

――果たして誰に似てくるか、これからが見ものだな。

兄は妻の醜聞を「根も葉もない噂」とはねつけながら、我が子にまつわる噂だけ真に受けたらしい。赤ん坊を抱いた紀世が長沼家に戻ったとき、まったく表情を緩めなかった。表向きは父親として振る舞っているものの、栄津が知る限りかわいい我が子を胸に抱いたことは一度もない。

紀世もまた腹を痛めた我が子に対して薄情だった。もしも噂が本当なら、史穂を身籠っていながら兄に嫁いだことになる。

不義の子ゆえに生まれた娘を憎んでいるのか。それとも、心ならずも一緒になった男の子だから、愛《いと》おしむことができないのか。

栄津だって胸の内は複雑である。史穂が兄の血を引いていないのなら、長沼の血を引かない者に家を乗っ取られるかもしれないのだ。

とはいえ、それは史穂本人のあずかり知らぬことである。責められるべきは紀世であり、その血を継いだ姪ではない。

そう我が身に言い聞かせて面倒を見ていたら、幼子は薄情な母よりかまってくれる叔母になついた。紀世はそれをいいことに、今日も今日とて下男の治助を供に朝から実家に帰っている。

そんな兄夫婦と孫のことで心を痛めていた母は、今年の春に亡くなった。

――おまえには苦労ばかりかけて……本当にごめんなさい。

母は病の床で何度となく娘に手を合わせた。

隣の和江のように愚痴ばかりこぼされるのも困るけれど、どうにもならないことを繰り返し詫《わ》びられるのはもっと困る。

そんなに悪いと思うなら、兄上に意見してください——母の枕元に座っているとき、何度そう言いかけたことか。ひょっとしたら、母は少しでも娘を楽にしようと死を早めたのかもしれなかった。

「ねえしゃま、どうしたの」

無邪気な声で呼びかけられ、栄津はようやく我に返る。

「……何でもないわ」

こっちを見上げるつぶらな瞳にかろうじて笑みを浮かべてみせた。

二

「栄津、喜べ。おまえに縁談だ」

いきなり兄から言われたのは、九月五日のことだった。言葉を返せずにいたら、兄は勝手に話を進める。

「相手は御徒十五番組の國木田義三《くにきだよしぞう》殿だ。幸い、先方は派手な支度や持参金は不要と申しておる。吉日を選び、来月にも祝言を挙げるからな」

「あの、兄上」

「亡くなった母上もこれで安堵《あんど》なさるだろう」

「その母上の喪も明けておりませんが」

相手の勢いに押されつつも、栄津は何とか言い返す。兄は何を言うかと言わんばかりに太い眉をつり上げた。

「では、断ると申すのか」

「そういうわけではありませんが……あまりに突然のお話ですので」

誰かの妻となって家を出る。それは長らく栄津が望んできたことだ。しかし、いざ縁談と言われると、喜びよりも困惑が勝った。

栄津は今年二十一で、武家の娘としては婚期を逃したと言っていい。見た目だっておたふく似だし、どこかで見初められたとは考えづらい。兄は無役でこそないが出世の見込みはほとんどなく、その妻にはよくない噂が山ほどある。

思慮分別のある男なら、自分のような娘を進んで妻にとは言い出すまい。となると十中八九、難のある人物に決まっている。栄津は身構えて兄に尋ねた。

「その、國木田さまはおいくつなのですか」

「二十八だから、俺と同い年だな」

「ならば、前の御内儀とは死に別れですか」

「いや、國木田殿は独り身だ。前妻も子もおらぬから安心いたせ」

後添いでないとわかって安心したのも束《つか》の間《ま》、今度は「何ゆえその年まで妻を娶らなかったのか」が気にかかる。眉を寄せて黙り込むと、史郎は腹立たしそうにあぐらをかいた膝《ひざ》を叩いた。

「おまえを嫁に欲しいと言う男など、この先二度と現れぬぞ。國木田殿の何が不満だと申すのだ」

「……私は別に不満など」

「ならば、承知ということだな。先方にはそう伝えて話を進めるぞ」

兄は栄津の言葉を遮り、ひとり決めして立ち上がる。

武家の婚姻は家と家との結びつきだ。当主である兄がその気になれば、こちらは黙って従うしかない。

それにしても、兄が「嫁に行け」と言い出すとは思わなかった。母には「一生家の手伝いをさせる」と言っておきながら、亡くなって半年で心変わりをするなんて。とまどいながらも治助に相談したところ、相手は不満げに鼻を鳴らした。

「わっしに言わせりゃ、御新造さまの喪中に祝言を挙げるなんて罰当たりってもんでござんすよ。先方の望みで急ぐってことになりゃ、粗末な嫁入り支度でも言い訳できるかもしれやせんがね」

治助は両親が亡くなってからも、父を「旦那さま」、母を「御新造さま」と呼ぶ。兄夫婦がいるところではさすがに二人を「旦那さま」「御新造さま」と呼ぶものの、陰では「史郎さま」「紀世さま」と呼んでいた。

「己は人一倍派手な祝言をしておいて、妹にはこれっぽっちも金をかけたくねぇと見える。ケチな史郎さまが考えそうなことでござんすよ」

「それはこの際いいけれど、紀世さんに家のことができるかしら……兄上は癇性《かんしょう》な方だし、夫婦仲がますます冷え込むんじゃないかと心配で」

紀世は母の存命中から、米すら炊いたことがない。嫁の務めを栄津に押し付け、実家に帰ってばかりいたのだ。

浮かんだ不安を口にすれば、「じょうさまはお人よしだねぇ」と治助が呆れたような顔をする。

「さんざんいいように使われた挙句、身体ひとつで追い出されるんだ。出ていった後のことなんざ、気にしなくてもいいでしょう」

「だけど」

両親が亡くなっても、自分が長沼家の娘であることに変わりはない。それに、幼い史穂のことも気にかかる。言葉を濁してうつむくと、治助が二、三度首を振った。

「これから先は己のことだけ考えなすったほうがいい。史郎さまはきっと紀世さまを家に足止めしたくて、じょうさまを嫁に出すんですぜ」

「どういうこと」

「紀世さまは三番組組頭、向井さまの娘で、多額の持参金と共に長沼家に嫁がれやした。だから、気の短い史郎さまも文句を言えなかったんでさ。そいつぁ、じょうさまもご存じでしょう」

「ええ」

「けど、四年経って潮の流れが変わってきた。わっしは紀世さまのお供をして向井家にうかがっておりやすが、だんだんとむこうの様子が冷たくなってきたんでさぁ」

最初の一年は笑顔で紀世を迎えていた向井家の人々が、近頃は「また来たのか」と言わんばかりに迷惑顔を隠さない。いつまで経っても向井家の娘気分でいる紀世に苛立っているらしい。

「ですから、今度のじょうさまの縁談は向井さまがこっそり手を回したんじゃねぇかと思いやす」

　栄津が嫁に行けば、紀世は今までのように出歩くことができなくなる。そのため、未《いま》だに独り身の國木田義三に目を付けたのだろうと治助は言った。

「組頭さまのお声がかりとなりゃ、持参金や支度がいらねぇという話もうなずけやす。じょうさまはそう思いやせんか」

　下男の話はなかなか筋が通っており、あり得ることだと思う。だが、それが本当なら、あまりに自分が情けなかった。

　父が死んだ十五のときから母が死んだ二十一まで――まさに栄津は娘盛りを家のために捧げてきたのだ。その挙句に紀世を実家から遠ざけるため、身体ひとつで追い出されるのか。

　いっそ赤の他人ならば、兄に文句も言えただろう。言葉を失《な》くした栄津を見て、治助が慰め顔になる。

「この際、裏の事情なんてどうでもいいじゃありやせんか。じょうさまの縁談がまとまれば、あの世の旦那さまと御新造さまも喜ばれるに違いねぇ。わっしも肩の荷が下りた思いでござんすよ」

下男は喜んでくれるけれど、栄津は気が進まなかった。

今まで期待したこと、夢見たことはことごとく裏切られている。今度こそうまくいくなんて、どうして信じられるだろう。眉を下げたまま「そうかしら」と呟けば、治助が力強くうなずいた。

「この家に居続けたところで、いいことなんてありゃしません。老い先短いわっしと違って、じょうさまには先がありやす。沈みかけた船からはさっさと逃げたほうがいい」

苦労人の年寄りは遠慮なく奉公先をこき下ろす。栄津はさすがに聞き捨てにはできなかった。

「お願いだから、そんなふうに言わないで」

「わっしだって長年奉公した家を悪く言いたかござんせん。けど、じょうさまだって本当はそう思っているんじゃねぇですか」

「それは……」

「後添いじゃねぇってこたぁ、じょうさまの産んだ子がその家を継ぐことになる。二十年も居座ってりゃ、大威張りで好き勝手ができやすぜ」

「ずいぶんと気の長い話ね」

「なに、過ぎちまえばあっという間でさ」

白髪頭の年寄りが言うと、もっともらしく聞こえるから困りものだ。苦笑した栄津に下男は続けた。

「じょうさまが案じていなさるように、お相手が立派な方だとはわっしも思ってお りやせん。けど、この縁を逃したら、次があるかわからねぇ。何より、じょうさまならどんな家でも立派にやっていけまさぁ」

しかし、嫁に行けばこの治助とも別れなければならなくなる。縋るような目を向ければ、下男はしわ深い目尻を下げた。

「旦那さまが亡くなってから、じょうさまは苦労のし通しだった。けど、苦労ってやつは一生続くもんじゃねぇ。潮の流れはいつか変わる。そいつにうまく乗ったもんが幸せになるんでさ。うちの娘をご覧なせぇ」

治助の娘は父親が博奕で作った借金のために、宿場女郎に売られた。だが、心根のよさを客に見込まれ、小料理屋の女将《おかみ》になり上がったと聞いている。

「泥水をすすったうちの娘でさえ人並みになれたんだ。じょうさまだって、きっと幸せになれやすよ」

そう言ってくれる気持ちはありがたいが、どうしても不安が先に立つ。

紀世にしろ、隣の蕗にしろ、嫁いで幸せになったとは言い難い。未知の不安は時として慣れた苦労より恐ろしい。

九月七日の昼過ぎ、栄津が悶々《もんもん》としながら畑に水を撒いていると、いつものように隣の和江に呼び止められた。

「栄津さん、聞きましたよ。十五番組の國木田さまと一緒になるんですって」

触れて欲しくない話題を出され、自《おの》ずと栄津の眉が寄る。

いつも畑で採れたものをおすそ分けしているのだから、仕事の邪魔はしないで欲しい。とはいえ、聞こえないふりもできなくて和江のそばに近寄った。

「何でまた國木田さまと……悪いことは言わないから、考え直したほうがよろしいわ。苦労するのは目に見えています」

いかにも「あなたのためを思えばこそ」と言いたげな口ぶりで、和江は生垣越しに身を乗り出す。栄津は顔をこわばらせた。

「よくない噂のある方なのですか」

「大ありですよ。まともな男であれば、二十八まで独りでいるはずがないでしょう」

やはりそうかと唾を呑み、続く言葉を待ち構える。相手は鼻息荒く言った。

「國木田さまの母親はたいそう口やかましい方で、息子の縁談に片っ端からケチをつけていたんですよ。おまけに父親は病がちで、気の強い妻の言いなりだそうです」

「そうなんですか」

「息子のほうもいい年をして、母親に頭が上がらないとか。そんなところにお嫁に行ったら後悔するに決まっています」

断固とした口調で和江は言う。だが、栄津は肩透かしを食らった気分になった。陰で向井さまが動いていようと、器量のよくない売れ残りを持参金なしでもらおうと言うのだ。手の付けられない酒乱や、誰もが敬遠するような見た目であることも覚悟していた。

しかし、噂好きの和江が口にしたのは「口やかましい姑」と「病がちの舅《しゅうと》」と「息子は母親に頭が上がらない」ということだけ。ならば、酔って暴れたり、二目と見られない容姿ではないのだろう。

栄津は逆に安堵して、隣人に頭を下げた。

「おばさま、教えてくださってありがとうございます。そういうことでしたら、私でも務まりそうです」

「あなたは國木田さまの母上を知らないから、そんなことが言えるのです。どんなによくできた御内儀も嫁にはきつく当たるもの、まして元の気性がきつい方なら推して知るべしというものです」

「はい、覚悟しておきます」

「家のことばかりか、舅の看病もさせられるのですよ」

「看病なら、母で慣れておりますから」

静かに顎を引く栄津を見て、和江はさらに言い募る。

「栄津さんが嫁に行ったら、長沼家はどうなります。紀世さんでは家のことはもちろん、畑仕事なんてできないでしょう。史郎さんは妹のありがたみをとんとわかっていないのですね」

嚙みつかんばかりの勢いに栄津は少々面食らう。どうして和江が見下している長沼家を案じるようなことを言うのか。小さく首をかしげたとき、足元の畑が目に入る。栄津は「なるほど」と心の中で呟いた。

今年も夏から秋にかけて日照りが続き、昨年同様米の出来が悪いと聞く。長沼家の畑もきゅうりはほとんど採れなかったが、幸い葱《ねぎ》は育ってくれた。しばらくすれば、根深葱を収穫することができるだろう。

栄津が嫁に行ってしまえば、兄は畑を潰《つぶ》して町人に貸すに決まっている。隣人は当たり前のようにもらっていた野菜を得られなくなるばかりか、愚痴をこぼす相手も失うことになる。栄津はわざと頭を下げた。

「私のことを案じてくださって、ありがとうございます。ですが、兄の決めたことには従うしかありませんので」

「あなたはそんなことばかり言って。史穂ちゃんの面倒だって栄津さんが見ているんでしょう。あの子を見捨てるつもりですか」

責めを負うべきは我が子を顧みない兄夫婦で、叔母の栄津ではないはずだ。見かねるというのなら、和江自身が手を差し伸べてやればいい。筋違いな怒りをぶつけられ、何だか笑いたくなった。

――この家に居続けたところで、いいことなんてありゃしません。老い先短いわっしと違って、じょうさまには先がありやす。沈みかけた船からはさっさと逃げたほうがいい。

下男が口にした言葉が今さらながら身に沁《し》みる。ここで勇気を出さなければ、自分は一生陽《ひ》の目を見ずに終わってしまう。

「私も二十一ですし、もらっていただけるのでしたら喜んで嫁ぎます」

「でも、栄津さんならもっといいお相手が」

「いらっしゃったら、この年まで売れ残っておりません」

にっこり笑って言い返せば、和江は鼻白んだ顔になる。

十五番組の組屋敷は深川元町《ふかがわもとまち》だと聞いている。嫁に行けば、この口うるさい隣人と顔を合わせることもなくなるはずだ。

「おばさまには長い間本当にお世話になりました。これからも兄夫婦と姪がお手数をおかけすると思いますが、どうぞよろしくお願いします」

「え、ええ。それはまあ」

本音は迷惑なのだろうが、さすがの和江も面と向かって嫌とも言えない。栄津は踵《きびす》を返そうとして、何気なく空に目をやった。

掃除や畑仕事に追われて、いつも下ばかり見つめていた。久しぶりに見上げた秋の空は凪《な》いだ海のように青かった。

三

國木田義三との祝言は十月十日と決まった。

本来ならば花嫁支度でてんてこ舞いをしているはずが、栄津はいつも通り家の仕事に明け暮れている。兄の命で身の回りの品だけ持って嫁ぐことになったからだ。

「御公儀は昨年、五ヵ年の倹約令をお出しになった。また我が家は母上の喪中でもある。嫁ぐ時期が悪かったな」

兄は栄津の顔を見るたび、言い訳がましく繰り返す。なまじ紀世との祝言が華美なものだったから、妹が不満を言うのではないかと用心しているらしい。

身内としての情があれば、「人並みの支度をしてやれなくてすまん」と頭を下げるところだろう。あくまでも我が身の立場を守ろうとするもの言いに、栄津はとことん実の兄を見限った。

九月十七日の昼過ぎ、治助は史穂にせがまれて広小路に出かけた。めずらしく紀世が家にいるので、かえって落ち着かないらしい。

二人が出かけてほどなく、掃除をしていた栄津に紀世が思いがけないことを言った。

「とどのつまりは、あなたみたいな女が得をするのね」

「えっ」

何のことやらわけがわからず、拭き掃除の手を止めてすぐそばに立つ義姉を見上げる。紀世は眉間にしわを寄せ、忌々《いまいま》しげに言葉を続けた。

「私は幼いときから稽古事に精を出し、身分の高い方に望まれても恥ずかしくないだけの行儀作法を身に付けました。それなのに世間の妬みを買い、あらぬ噂を流されて破談の憂き目を見た挙句、こんな家に嫁がされて……栄津さんは『わがままな兄嫁に代わって家事や子育てまでこなし、病の母の看病もひとりで行ったけなげな娘』と噂されているんでしょう。このたびの縁談も、噂を真に受けた國木田家が強く望んだものだと聞いています。私のおかげで買いかぶってもらえてよかったこと」

面と向かって虚仮《こけ》にされ、とっさに言葉が出てこない。

栄津の祝言が決まってから、紀世は不機嫌を隠さなかった。けれど、そんなふうに思っていたとは今の今まで知らなかった。じわじわ怒りが込み上げてきて、栄津は負けじと義姉を睨む。

家事も子育ても人任せにしておきながら、「あなたみたいな女が得をする」とはどういうつもりだ。礼を言われるならまだしも、役立たずの兄嫁に嫌みを言われる筋合いはない。紀世が人並みの嫁だったら、病の母が「おまえにばかり苦労をかけて」と詫び続けることはなかったはずだ。

にもかかわらず、「私のおかげで買いかぶってもらえてよかったこと」とは、思い上がりも甚だしい。

今までは立場を考えてひたすら遠慮をしてきたけれど、出ていくことが決まったからには、もはや我慢などするものか。素早く腹をくくった栄津はこれ見よがしに口の端を引き上げた。

「そうですね。私は義姉上《あねうえ》のように高額の持参金を用意することはできませんから。それでも嫁に欲しいと言っていただけて光栄でございます」

わざと「高額の持参金」に力を込めれば、たちまち紀世の顔色が変わる。栄津は構わず話し続けた。

「実は、隣の水嶋さまが心配なさっておられたのです。私がいなくなったら、長沼家はどうなるのかと。ですが、立派に行儀作法を身に付けられた義姉上がいてくださるのですもの。余計な心配は御無用と、おばさまに申し上げておきます。後のことはよしなに取り計らってくださいませ」

露骨な嫌みを続ければ、紀世の唇が小刻みに震える。ややあって、地を這《は》うような声を出した。

「やっぱり、あなたがあらぬ噂を流していたのね」

「何のことでしょう」

「とぼけないでっ。私を貶《おとし》めようとして、お隣の御新造にあることないことを吹きこんだくせに。あなたたち二人が生垣越しにこそこそ話をしている姿を何度もこの目で見ているのよ」

見当違いな相手の言葉に栄津は目を丸くする。

確かに和江は身勝手な思い込みであらぬ噂を振りまく人だ。しかし、生垣越しのやりとりはほとんどむこうの愚痴ばかりで、こちらが愚痴った覚えはない。

「とぼけてなどおりません」

「だったら、どうしてあんな噂が流れるの」

まさか自分さえ黙っていれば、家の中のことは外にわからないとでも思っているのか。栄津は呆れてかぶりを振った。

「義姉上がおっしゃったように、水嶋さまはお隣にお住まいなのです。この四年の間、義姉上が洗濯をなさったり、畑を耕しているところを一度もご覧にならなければ、私が義姉上に代わって家事をしていると思われて当然でしょう」

「家のことはしなくていいと言うから、私はこの家に嫁いだのよ。それなのに、どうして責められなければならないのっ」

年甲斐もなく地団太を踏まれ、栄津は史穂がいなくてよかったと心から思った。わざとらしくため息をつき、「義姉上」と呼びかける。

「子供ではないのですから、癇癪を起こさないでくださいまし」

「うるさいわねっ。あんたみたいなおたふくに私の気持ちがわかるものですか」

紀世は親の仇《かたき》を見るように歯ぎしりして栄津を睨む。こんな人に四年もかしずいてきたのかと思ったら、しみじみ情けなくなった。

この人は子供を産んだにもかかわらず、自分が子供のままなのだ。栄津は史穂に言い聞かせる気分で口を開いた。

「嫁入り前にどのようなお約束があったか存じませんが、今の義姉上は御徒、長沼史郎の妻なのです。もはや御徒小町ではないのですから、妻として母として、やらねばならないことはやっていただかなければ困ります」

「そんなこと、あなたに言われる筋合いじゃないわ」

「では、私がいなくなったら、誰にやれとおっしゃるのです。我が家には女中を雇う余裕などございません。それとも、義姉上のご実家がそのための掛かりを用立ててくださるのでしょうか」

落ち着いた口調で言い返せば、紀世が目をつり上げたまま口をつぐむ。どうやらすでに実家に頼んで断られた後のようだ。

「いい加減に長沼家の嫁としての覚悟を持ってくださいませ。まさかとは思いますが、史穂の本当の父親が遠からず迎えに来るとでも思っていらっしゃるのですか」

「……史穂は旦那さまの子です。無礼を言うと許しませんよ」

見る間に真っ青になった紀世が一呼吸遅れて声を張る。しかし、声は震えているし、何より顔色が尋常ではない。栄津はあからさまな相手の様子に、嫌みを口にしたことを後悔した。

さんざん虚仮にされた意趣返しのつもりだった。まさか、史穂が本当に兄の種ではなかったなんて。気位の高い紀世が役者の子を産むとは思えないから、父親はきっと大身旗本の若様だろう。

そう考えれば、兄の史穂に対する冷たい態度や、紀世の多額の持参金の謎が解ける。若様は身分違いを楯《たて》に取って「いずれ母子ともに引き取る」とでも言ったのだろう。

一方、向井家は娘に父なし子を産ませるわけにはいかず、兄に因果を含めて押し付けた。兄も持参金と紀世の美貌に釣られてしまったに違いない。

しかし、四年経っても先方はまったく動かない。諦めた向井家は娘を遠ざけるべく栄津の縁談を用意したのだ。

——潮の流れはいつか変わる。そいつにうまく乗ったもんが幸せになるんでさ。

わけ知り顔の年寄りの言葉が耳の奥でよみがえる。

ひょっとしたら、紀世は生まれた子が女の子だったから、若様に捨てられたと思っているのか。だとしたら、あまりにも史穂がかわいそうだ。

「義姉上もいろいろ思われることがあるかと存じますが、史穂の母としての務めだけはちゃんと果たしてくださいまし」

栄津の言葉に紀世は真っ赤な唇を震わせた。

四

水嶋家の嫁に誘われて栄津が藤屋に行くことになったのは、九月二十日のことだった。

蕗に「ひとりだと義母上がうるさくて」と手を合わせられ、付き合うことになったのである。二人が藤屋に着いたのは、八ツ（午後二時）を過ぎた頃だった。

「半刻《はんとき》（約一時間）ほどで戻って参ります。申し訳ありませんが、それまでこちらでお待ちください」

蕗は機嫌よく言って、さっさと襖を閉めてしまう。栄津はひとり座敷に座り、出されたお茶を一口飲んだ。噂に聞く船橋屋《ふなばしや》の羊羹《ようかん》も出されたけれど、何となく手を付けづらい。史穂への土産《みやげ》にしてしまえと懐紙に包んで袂に入れた。

さて、これからどうしようかと思ったとき、小さな音を立てて背後の襖が開く。蕗かと思って振り向けば、意外な人物が立っていた。

「栄津さん、久しぶり」

「又二郎さん、どうしてここに。四谷にだって貸本屋はあるでしょう」

幼馴染みとの思いがけない再会に栄津は目を丸くする。

そういえば、又二郎と最後に会ったときも藤屋に立ち寄った。水嶋家の兄弟は二人揃ってこの店の常連らしい。

久しぶりに幼馴染みと会えるのはうれしいが、こちらは嫁入りを控えている。人目を忍んで若い男と二人きりになるのはまずい。うろたえる栄津の気持ちも知らず、又二郎ははにかんだ。

「どうしても栄津さんに言いたいことがあって、蕗さんに連れ出してくれるように頼んだんだ」

「えっ、それじゃ」

　実家に帰りたいので付き合って欲しいというのは嘘だったのか。こんな手の込んだ真似をしなくても、水嶋家は長沼家のお隣である。又二郎が実家に寄れば、いくらでも垣根越しに話をすることはできるだろう。

　怪訝《けげん》に思っている間に、又二郎は腰を下ろして食い入るように栄津を見た。

「御徒十五番組の國木田殿と一緒になると聞いたんだが」

　どうやら祝いを述べるために、わざわざここまで呼び出したらしい。栄津がほっとしてうなずくと、相手の顔がにわかにこわばる。

「栄津さんは、それでいいのか」

「私ももう二十一です。この先ずっと実家の厄介者としてくすぶっているよりはましでしょう」

　子供の頃から知っている気安さで、隠すことなく本音を告げる。

　前に又二郎と出会ったときは、今いる場所から逃げ出したくて二人で伊勢を目指そうという気になった。だが、下男の治助に見つかって、旅立つ前に終わってしまった。

「又二郎さんは去年、学問吟味に及第したと聞いています。四年前、御蔭参りに行くのを思いとどまってよかったわね」

あのとき揃って逃げ出していたら、今頃どうなっていたことか。互いに逃げずに頑張ったから、新たな道が開けたのだ。

我知らず笑みを浮かべた栄津とは反対に、又二郎は表情を険しくした。

「兄上から聞いたのだが、國木田殿はいささか頼りないお人のようだ。姑は口うるさく、舅は病がちだというし、苦労するのは目に見えているぞ」

「苦労なら、もう慣れっこです」

「あの史郎殿のことだ。ろくな持参金も用意してもらえないんだろう。きっと嫁ぎ先で肩身の狭い思いをする」

「実家でもさんざん肩身の狭い思いをしてきましたもの」

相手を安心させるべく疑念を打ち消せば打ち消すほど、又二郎の眉間が狭くなる。大丈夫だと言っているのに、どうしてこんな顔をするのか。内心首をかしげているると、幼馴染みは舌打ちしてから、ややあって居住まいを正して言った。

「あと二年でいい。待ってくれないか」

「何のことですか」

「俺は……子供の頃からずっと栄津さんが好きだった。御番入りしたらすぐ、栄津さんを嫁に欲しいと史郎殿にお願いする。だから、あと二年待って欲しい」

勘違いでなければ今、又二郎に求婚されているのだろうか。栄津は驚いて細い目を見開いた。

「俺が学問に励んだのは、養子に行って栄津さんと一緒になりたかったからだ。祝言の日取りも決まった縁談を今さら断るのは難しいかもしれない。だが、俺を信じて待っていて欲しい」

同じ組の家同士で縁を結ぶことはできない。だから、学問に励んで養子に行ったのだと言われて、栄津の胸は高鳴った。

又二郎は小柄だけれど、弱冠二十歳《はたち》にして学問吟味に及第した秀才である。そんな相手に思いを寄せられていたなんて、器量自慢の紀世が知ればさぞかし驚くに違いない。

しかし、そこまで思ってくれているなら、なぜ二年も待たねばならないのか。出世が見込める又二郎が「妻にする」と言えば、兄だって考え直すだろう。栄津がそう訴えたところ、幼馴染みはうつむいた。

「今、栄津さんと一緒になりたいと言えば、浅田の両親は間違いなく反対する。俺は学問吟味に及第したといっても無役だから、養父母を説き伏せるだけの力がない」

「……二年後、私は二十三です。待った挙句に約束を反故《ほご》にされたら、この身はどうなるのですか」

二人の間の口約束では言い逃れをされかねない。責めるような口調で言えば、又二郎が気色ばむ。

「では、念書でも書けと言うのか」

「妻にする気があるのなら、今すぐ兄上におっしゃってください。栄津と一緒になりたいから、國木田家との縁談はなかったものにして欲しいと。ご実家の水嶋家、そして養子先の浅田家に対してもです」

一歩も引かずに言い切ると、又二郎が右手を握り締める。栄津がここまで頑《かたく》なな態度を取るとは思っていなかったらしい。

「俺が信じられないのか」

「残念ですけれど」

紀世の例を挙げるまでもなく、男がいかに身勝手かは身に沁みて知っている。

それに御徒目付である浅田家は百俵五人扶持、学問吟味に及第した又二郎は、さらに上のお役目に就くだろう。養父母は当然、養子の後ろ楯になる家柄の娘を望むはずで、自分が無理に嫁いだってつらい思いをするだけだ。

四年前に口説かれていたら、いつまでも待ったかもしれない。

しかし、又二郎が学問に励んでいる間に、こっちは世の中を学んでいた。

「男女の仲は縁だと申します。私はこのたびの國木田さまとの縁を大事にしたいと思います」

「……俺より、國木田殿のほうがいいと言うのか」

「國木田さまとは会ったこともないのです。比べることなどできません」

すねたような口ぶりに何だかおかしくなってしまう。

きっと、又二郎は売れ残りの幼馴染みが祝言を挙げると知って、急に惜しくなっただけだ。でなければ、もっと早く言い寄っていたに違いない。

「又二郎さんには、もっとふさわしい方がいらっしゃいますよ」

栄津は弟を窘《なだ》める姉のような気分で微笑《ほほえ》む。又二郎は膝をこぶしで叩き、黙って座敷を出ていった。

「あの、栄津さん。入ってもよろしいかしら」

ほどなくして、蕗の遠慮がちな声がした。「お入りください」と応えれば、ひどくゆっくり襖が開く。

「栄津さん、あの、又二郎さんとは……」

「私と又二郎さんはただの幼馴染みです。今後はこういうお気遣いはなさらないでくださいまし」

栄津がにっこり笑って言えば、相手は「余計なことをしてごめんなさい」と口では謝ってくれた。だが、その表情は「当てが外れた」と言わんばかりである。そのときふと、嫌な考えが頭をよぎった。

和江は穣太郎と又二郎を比べては、「又二郎が惣領だったらよかったのに」と言い続けてきた。蕗は又二郎と栄津の仲を取り持つことで、姑に意趣返しをしようとしたのではなかろうか。

――本当に町人上がりなど嫁にするものではありませんよ。

生垣越しに言われた言葉を思い出し、栄津は我知らず身震いした。

五

十月十日はよい天気だった。

栄津は紀世が嫌そうに貸してくれた花嫁衣装に身を包み、しずしずと玄関に進む。

花嫁の介添えは隣の和江に頼んだ。國木田との祝言にあれこれ言っていたものの、長年の付き合いを重んじたのか、すんなり承知してくれた。

表に出ると、史穂と治助が駕籠《かご》のそばに立っていた。

「栄津ねえしゃま、きれい」

花嫁姿の叔母を見るなり、幼い姪は満面の笑顔で飛びついてくる。

祝言の席で騒がれると困るので、今日は治助と留守番である。それでも、ちゃんと晴れ着を着せてもらっていた。

「史穂もとってもかわいいわよ」

「ねえしゃま、今日は何があるの」

「今日はね、ねえさまの大事な日なの。史穂は連れていけないから、治助とおとなしく待っていてちょうだい」

にっこり笑って促すと、聞き分けのいいおかっぱ頭が上下に揺れる。

明日から栄津がいないことを四つの姪はまだ知らない。ひょっとしたら、自分を恋しがって泣くだろうか。

血がつながっていないとわかっても、栄津は史穂がかわいかった。大きくなれば、嫌でも母親の噂を耳にするだろう。同時に、己の出生にまつわる噂も知るはずだ。

長沼家に生まれたことを恨みに思うかもしれない。

そんな姪をかわいそうだと思うけれど、自分は何もしてやれない。栄津はゆっくり目をそらし、傍らに立つ治助を見た。

「じょうさま、幸せになっておくんなせぇ」

忠義者の下男は目に涙を浮かべて頭を下げる。治助には「十中八九、史穂は兄の子ではない」と告げてある。さすがに自分ひとりの胸の内に長沼家の大事を留《とど》めておくことはできなかった。

年寄りは目を瞠《みは》ったものの、「大丈夫でござんすよ」と胸を叩いた。

――後のことはわっしが引き受けやす。じょうさまはどうか自分の幸せだけ考えてくだせぇ。

そう言ってくれる気持ちはありがたいけれど、治助だってもう年だ。小料理屋を営む娘からは「一緒に暮らそう」と言われているのに、これから先も長沼家でタダ働きをさせていいものか。

かといって、兄にすべてを告げるだけの度胸もなかった。紀世の顔色からして間違いないと思うけれど、証は何もないのだから。

すると、栄津の懸念を察したように治助は笑って頭をかいた。

――史穂さまを見ていると、じょうさまの小さい頃を思い出すんでさ。とても見捨てられるもんじゃありやせん。

つい「私は史穂のようにかわいくなかったわ」と苦笑すれば、「とんでもねぇ」とかぶりを振られた。

――じしゅけ、じしゅけと舌っ足らずに呼ぶとこなんざ、昔のじょうさまにそっくりでござんす。史穂さまが嫁に行くまで生きているかわかりやせんが、せいぜい気張って奉公させてもらいやす。

そのとき、相手が浮かべた笑みを栄津は両の眼《まなこ》に刻んだ。

この治助だって実の娘を借金の形に売り飛ばしたのだ。それを恥じて心を入れ替え、こんな笑みを浮かべられるようになった。

己の幸せだけを求めると、人はかえって不幸になる。身勝手な人たちに振り回された末、栄津はようやく気が付いた。

兄や紀世も早くそれに気が付いて、史穂をいつくしんでくれますように。心からそう願わずにはいられない。

「さあ、栄津さん。参りましょう」

下男の前から動かない花嫁に焦れたのか、和江に声をかけられる。栄津は我に返ってうなずくと、袖と裾を持ち上げて駕籠に乗った。

花嫁を乗せているので気を遣っているのだろう。駕籠はことさらゆっくりと南に向かって進んでいく。垂れが下ろしてあるので表の様子は見えないが、人の声や物音でどのあたりかは見当がつく。

磯《いそ》の香りが強まってそろそろ大川かと思ったとき、調子はずれの『高砂《たかさご》』がやけにはっきり聞こえてきた。

高砂や
この浦舟に帆を上げて
月もろともに出潮《いでしお》の波の淡路《あわじ》の島影や

稽古を始めたばかりなのか、何度もつっかえる上に言葉尻が跳ね上がる。これでは腕の立つ船頭でも流れに乗るのが難しそうだ。

今夜の祝言では、もっとましな『高砂』を聞かせてもらえればいいけれど。栄津はそんなことを思いながら、綿帽子の下で笑ってしまった。

船は風が弱いと進まないし、強すぎると波が荒れて下手をすれば難破する。いずれにしても思い切って漕《こ》ぎ出さない限り、目指す場所には辿《たど》りつけない。

遠く鳴尾《なるお》の沖過ぎて
はや住吉《すみのえ》に着きにけり

顔も知らない、言葉を交わしたこともない二人がこれから夫婦の契りを結ぶ。そして共白髪になるまで一緒に暮らすことになる。

どうか國木田義三さまが信じるに足る人でありますように。

夫婦の情は通わなくても、床を共にすれば子ができる。その子のためにも父親として恥ずかしくない人であって欲しい。

これから、私は國木田栄津として生きていく。

栄津は大きく息を吸い、駕籠の中で背筋を伸ばした。

第三話　悲《ひ》雨《さめ》

——二十三歳

一

初めて國木田義三を見たとき、栄津は驚いて目を瞠った。

醜聞にまみれた家のおたふくを持参金なしでもらおうという輩《やから》である。

噂好きの和江から國木田家の厄介な事情は聞いていたし、家督を継いだ男が二十八まで独りだなんて怪しすぎる。どんな見た目であろうとも驚かない覚悟でいたものの、本音は不安でたまらなかった。

だから、夫になる人の顔――面長の顔にやさしげな目と鼻筋の通った高い鼻、薄い唇からのぞくきれいな歯並びを目にしたとたん、頬が赤らむのがわかった。ああ、この人でよかったと、亡き両親と神仏に感謝を捧げたほどである。

もっとも、そんな殊勝な思いは長く続かなかったけれど。

天保七年（一八三六）六月三日は連日の雨がようやく上がり、朝から気持ちよく晴れていた。栄津はいつものように出仕する夫を見送ると、蚊帳《かや》を吊《つ》った座敷に戻って赤ん坊に乳をやる。

生まれて四月《よつき》になる娘は、夫が「春《はる》」と名付けた。舅の忠兵衛《ちゅうべえ》によれば「顔の形が母親にそっくり」であるらしい。

栄津は昔から己の見た目が好きではない。鏡に映る顔を見るたび、もっとうりざね顔だったら、もっと鼻が高ければと思ったものだ。十七、八の頃は少しでもきれいになりたくて、『都風俗化粧伝《みやこふうぞくけわいでん》』を手にあれこれ試してみたりした。

そのくせ、我が子は「しもぶくれでかわいい」と思うのだから調子がいい。これがいわゆる親の欲目というものか。開けっ放しの障子の向こうに目をやれば、蚊帳ごしでも表がよく見えた。

「春、ごらんなさい。めずらしくお天道様が出ていますよ」

腕の中の子に声をかけたが、今は母の乳に夢中のようだ。毎日同じものを飲んでいるのに、よく飽きないものである。

今年はあいにくの冷夏で、四月からずっと雨が続いている。畑の土は沼地のようにぬかるみ、かろうじて育った葉や花も泥にまみれて萎《しお》れていた。これでは秋の実りどころか、種を蒔《ま》くことさえ難しそうだ。

嫁ぎ先の國木田家は御徒十五番組に属しており、深川元町《ふかがわもとまち》に組屋敷がある。実家のある下谷に比べて敷地は広いものの、家屋敷は自腹のためか、玄関と板敷の台所と雪隠《せっちん》、座敷は二間あるだけだ。しかも古い建物なので、横殴りの雨だと水が漏る。

この家に嫁いでから、栄津は実家よりもはるかに広い畑の世話を続けてきた。その努力が無駄になり、我が子の頭にため息が落ちる。姑の機嫌が悪いのもこの天候のせいだろう。

それともこの子が女だから、義母上は機嫌が悪いのかしら……。

栄津はふと、春が生まれたときのことを思い出した。

――次は、必ず男子を産んでくだされ。

今年の二月、生まれた子が女とわかるなり、姑の千代《ちよ》は険しい表情で言い切った。

初めてのお産を終えた嫁への労《いた》わりや、孫が生まれた喜びは一切口にしなかった。

武士の妻として、跡継ぎが望まれていることは承知している。だが、こればかりは授かりものだし、千代とて武士の家に生まれた娘だろう。落胆を隠さない相手にこっちのほうが落胆した。

二年前、栄津は身体ひとつで國木田家に嫁いだ。姑に理不尽なことを言われても、実家に逃げ帰ることはできない。ひたすら黙って従ってきた。

――じょうさまの産んだ子がその家を継ぐことになる。二十年も居座りゃ、大威張りで好き勝手ができきやすぜ。

嫁入り前に聞いた言葉を鵜呑《うの》みにしたわけではないが、「嫁《か》して三年、子なきは去る」と言われている。身籠ったとわかったときは心の底からうれしかった。まさか女というだけで、これほど失望されるとは思わなかった。

おまえだって男として生まれたかったでしょうに。娘に産んでしまって、本当にごめんなさい――生まれたばかりの我が子に心の中で詫びたとき、舅の忠兵衛だけが「よくやった」と言ってくれた。

――惣領が出来損なうと家が危うくなるからな。いっそ、この子に出来のいい婿をもらやぁいい。

あながち気休めとも取れない言葉に義母は顔をしかめ、栄津は内心アッと思った。

代々続く大店《おおだな》では、商売上手な奉公人を跡取り娘の婿に据えると聞く。中には出来の悪い惣領を勘当して、娘に婿を取ることすらあるらしい。商才のない者が店を継ぐと、たちまち店が傾くからだ。

対して、武家は家柄の上下を問わず、生まれた順と性別がものを言う。どんなに出来が悪くても惣領が跡継ぎ、二男三男は養子先探しに奔走する。男子が生まれなかったときだけ、娘に婿を取って家を継がせるのだ。

当主の器量にかかわらずお家安泰は結構だが、後から生まれたというだけで冷遇される者はやりきれまい。部屋住みのまま年を取れば「厄介叔父《やっかいおじ》」と呼ばれ、兄の跡を継いだ甥《おい》に頭を下げることになる。

そうなりたくない一心で、武家の二男三男は学問や武芸に打ち込む。結果、惣領より出来がいい者も多かった。

――御徒は城中での諸事雑用がお役目だ。他人より仕事ができれば上役の目に留まりやすい。いい婿を捕まえりゃ、家名を上げることもできる。

――どうして血のつながった孫ではなく、婿に望みをかけねばならぬのですっ。

戯言もたいがいになさいまし。

気の強い姑の一喝で話はそれきりになったけれど、栄津は舅の言ったことがずっと頭に残っていた。

おまけに春を産んでから、夫の義三が一度も自分を求めない。最初は「産後なので気遣ってくださっている」と思っていたが、さすがにもう四月である。果たしてどういうつもりかと、不安を覚え始めていた。

家の仕事に加えて慣れない子育てで疲れているから、夜休めるのはありがたい。とはいえ、夫は男盛りの三十歳、枯れるにはまだ早いだろう。だからといって、義三に女がいるとは思えなかった。

國木田家の内証は苦しい上に、夫は常にぼんやりしている。いくら見た目がよくたって、外で女を口説くような甲斐性《かいしょう》があるものか。

お役目こそ人並みにこなしているようだけれど、組屋敷にいるときはほとんど言葉を発しない。こちらから話しかければ、「ああ」とか「いらぬ」と言うだけだ。

「どうなさいますか」と判断を仰ぐと、「好きにしろ」か「任せる」で終わってしまう。床を共にしたときも、寝物語に己の思いを聞かされるようなことはなかった。

最初のうちこそ「うるさくおっしゃらないのは、深いお考えがおありだから」と思っていた。しかし、朝晩顔を合わせていれば本当のことが見えてくる。次第に夫の本性――よろず義母の言いなりで、何も考えていないことがわかってしまった。

自分のような女しか嫁に来なかった人である。さほど期待はしていなかったが、男ならもう少し覇気というか、やる気を示して欲しいものだ。

私を抱かなくなったのは、子を産んで身体が変わったから？　それとも義父上《ちちうえ》と同じように、春に婿を取る気かしら。

ぼんやり考えているうちに、当の春はお腹《なか》が一杯になったようだ。乳房から離した小さな手を母親に向かって伸ばしている。

「よしよし、春はいい子ね」

軽く背中を叩いてやれば、満足そうにげっぷをする。

そこへ姑が足音もなく現れた。

「久しぶりの晴天に何をのんびりしておるのじゃ。早く洗濯を始めないと、春の襁褓《むつき》が乾きませぬぞ」

「も、申し訳ございません」

慌てて着物の前を合わせたとたん、いきなり春が泣き出した。

祖母の大声に驚いたのか、自分が怒られたと思ったのか。その泣き声をものともせず、姑は蚊帳の中に入ってくる。

今年五十の千代はしみやしわよりあばたが目立つ。舅によると、幼い頃に疱瘡《ほうそう》を患い、生死の境をさまよったとか。

女の顔に生涯消えぬ痕《あと》が残ったのは気の毒だが、そんな顔の妻を娶った舅はもっと気の毒である。きっと高額の持参金に目がくらんだ親に押し付けられたに違いない。嫁の胸の内も知らず、姑は顎を突き出した。

「私はこれから出かけます。釣りに行かれた旦那さまは昼前に戻られるでしょう。昼餉《ひるげ》の支度をしておくように」

「はい」

「それから、今朝の味噌汁《みそしる》は鰹節《かつぶし》を使い過ぎです。近頃はますますものの値が上がっておるのですから、もっと大事に使いなされ」

「申し訳ありません」

「妻は夫を支え、家を守ることが役目。御公儀のお指図通り質素倹約を旨として、よろず節約せねばなりませぬ」

泣いている我が子をあやしながら神妙な顔で承る。が、胸の中では間髪容《い》れず言い返した。

鰹節を少なくすれば、「出汁《だし》の味がしない」とおっしゃるくせに。どうせ私が何をしようと、お気に召さないんでしょう。

千代は三日に一度くらいのわりで「こんなものは食べられぬ」と栄津におかずを突き返す。確かにどれも焼き過ぎていたり、煮崩れていたりするけれど、子育てと家事に追われているのだ。少しは大目に見て欲しい。

無論、捨てるのはもったいないので、どれも栄津が後から食べる。節約をしろと言うのなら、黙って食べればいいものを。

「では、頼みましたぞ」

さらにいくつかの用を言いつけ、姑は蚊帳から出ていった。気配がしなくなってから、栄津はぼそりと文句を言う。

「……あれこれ用を言いつけるなら、春の子守りをして欲しかったわ」

久しぶりの晴天に出かけたくなる気持ちはわかる。けれども、どこの家だって子守りは年寄りの仕事である。

春はようやく泣き止《や》んだが、ひとりにしたらまた泣くだろう。栄津は大きなため息をつき、我が子を背負って表に出た。

「ほら、じっとしていて。春の襁褓を洗っているのよ」

両手を忙《せわ》しなく動かしながら、背中の赤ん坊に訴える。

深川は周囲を堀や川で囲まれており、湿気がひどいし、やぶ蚊も多い。特に雨上がりの今朝は蒸し暑かった。

「かあさまの背にいるよりも蚊帳の中のほうが涼しいわよ。蚊にも食われなくてすむし」

猫撫《ねこな》で声で道理を説いても、馬の耳に念仏、赤ん坊に説教だ。しゃがんだ姿勢がめずらしいのか、春は足をばたつかせる。

ぬかるんだ地べたは踏ん張りづらく、下駄《げた》を履いていても滑りやすい。だが、赤ん坊を背負ったまま尻餅《しりもち》をつくことはできない。着物が駄目になるだけでなく、我が子に怪我《けが》をさせてしまう。

ことさら前かがみで洗っていたら、小半刻《こはんとき》（約三十分）で腰が痛くなった。我慢できずに立ち上がれば、釣竿《つりざお》を手にした舅が見えた。

「今戻った」

「義父上、お帰りなさいまし。お早いお戻りでございますね」

姑から昼前に戻ると聞いていたが、時刻はまだ四ツ前だ。

さては大漁だったのかと期待を込めて見つめたところ、忠兵衛が鼻の付け根にしわを寄せる。

「あいにく魚ではなく元上役に食いつかれた。久しぶりの晴れだってのに、まったくもってついてねぇ」

國木田家は古くから御徒を務めているが、舅は江戸っ子そこのけの伝法な口を利く。姑は眉をひそめるけれど、栄津は実家の下男を思い出させる舅の口調が好きだった。

「さようでございますか」

実は当てにしていたと今さら言っても仕方がない。にっこり笑ってうなずけば、舅が母屋のほうを見た。

「千代はもう出かけたのかい」

「はい、今日はよい天気ですから」

「で、栄津は残って洗濯か。背に重石を乗っけていたんじゃ、やりづれぇだろう。どれ、春をこっちに寄越しな」

釣竿を井戸の脇に置き、日焼けした手を差し出してくれる。「よろしいのですか」と念を押せば、忠兵衛は目を細めてうなずいた。

「嫌なもんを見ちまったから、孫のかわいい顔を見て厄払いをしてぇのさ。春もじいじと遊びてぇよな」

舅は赤ん坊を受け取ると、小さな身体を目の高さまで持ち上げる。きゃっきゃと笑う春を見て、栄津は「ありがとうございます」と頭を下げた。

忠兵衛は身体が弱いという噂と異なり、この二年は風邪《かぜ》ひとつひいたことがない。本人によれば「気ままな隠居暮らしのおかげ」らしい。

夫は見た目こそ義父似だが、中身は天と地ほども違う。この舅がいなかったら、嫁ぎ先での毎日はもっと耐え難かっただろう。

「旦那さまが中身も義父上に似ていらしたらよかったのに」

うっかり本音を口にすれば、忠兵衛が苦笑した。

「中身まで俺に似ていたら、國木田の家がなくなるぜ」

「そんなことはございません。義父上はおやさしくて立派な方です」

義父らしくない謙遜《けんそん》をされ、栄津はむきになって言い返す。それでも、相手は口元を歪めたままだった。

「俺はやさしくねぇし、立派でもねぇ。おまえもじきにわかるだろうよ」

忠兵衛はそう言って、春を抱いて母屋に向かった。

二

せっかくの晴れは一日で終わり、翌日から再び雨になった。百姓はもちろんのこと、行商人や大工、船頭や漁師もため息をついているだろう。

この雨はいつまで続くのか。ここ数年米の出来が悪く、値は上がったままである。今年も不作ということになれば、三年前のように食い詰めた貧乏人が騒ぎを起こすかもしれない。

降り続く雨は目の前の景色だけでなく、これから先をも見えなくさせる。しかとは見えない水の膜にすべてが覆われてしまったようだ。栄津は鬱々《うつうつ》とした気分を吐き出すように、ことさら大きなため息をつく。

今日は昨日に引き続き、組屋敷にいるのは自分と春の二人きりだ。お城勤めの夫と出歩くのが好きな舅はともかく、姑が二日続けて外出するのはめずらしい。

雨の日は洗濯や畑仕事ができない。ならば、鬼のいぬ間に命の洗濯をすべきである。栄津は手早く掃除を終え、自分のために茶を淹《い》れた。

生まれ育った下谷と違い、この辺りに知り合いはいない。隣近所に住む妻女は単なる顔見知りで、腹蔵《ふくぞう》なくものを言える間柄にはほど遠い。

ただでさえ、栄津の実家はとかくの噂があった。下手に隣近所と親しくなり面白半分に問い質されると、こちらとしても返事に困る。姑には「くれぐれも余計なことは言わぬように」と釘《くぎ》を刺されていた。

とはいえ、こんな日は無性に誰かと語らいたくなる。胸に抱えた不安を訴え、「私もそうよ」と言って欲しい。前は愚痴ばかりこぼす隣人をうっとうしく思ったけれど、離れてみれば懐かしかった。

穣太郎さんや利三郎さんは元気かしら。それから……又二郎さんも。

ひとりお茶をすすりながら、栄津はぼんやり宙を見る。

――俺は……子供の頃からずっと栄津さんが好きだった。御番入りしたらすぐ、栄津さんを嫁に欲しいと史郎殿にお願いする。

國木田家との縁談がまとまった直後、幼馴染みの又二郎にそう言われた。色恋に縁のなかった自分にとって唯一の甘酸っぱい思い出である。

秀才の誉れ高かった又二郎は、御徒目付の家に養子に行った。そして養父母の期待通り学問吟味に及第し、栄津に「あと二年待って欲しい」と言ったのだ。

あのとき断ったことを後悔はしていない。二年経った今も又二郎が御番入りしたという話はなく、そもそも養子先の浅田家は自分を跡継ぎの妻として認めなかったはずである。

にもかかわらず、折に触れて思い出すのは、相手の言葉がうれしかったからだ。自分を「好きだ」と言ってくれた男は又二郎しかいない。

取り留めのないもの思いにふけっていたら、実家に仕える下男の治助が手土産片手にやって来た。

「下谷からは遠いのに、雨の中をよく来てくれたわね」

飛びつくようにして出迎えれば、客はしわ深い顔をほころばせた。雨に濡れた合羽《かっぱ》を脱いで得意げに小鼻をふくらませる。

「なに、じょうさまと春さまの顔が拝めるんだ。どうってこたぁありやせん。ところで、義母上さまたちは」

「運よく二人とも出かけているから、心おきなく治助とおしゃべりできるわよ」

差し出された大仏餅《だいぶつもち》を受け取って、栄津は満面の笑みを浮かべた。

実の兄より栄津を案じてくれる下男は、数ヵ月に一度、國木田家にやってくる。そして、自分で購《あがな》った手土産を「主人からでございます」と差し出すのだ。いつもささやかな品ではあったけれど、その心遣いがありがたかった。

御徒はどこも台所が苦しいから、土産持ちは歓迎される。とはいえ、主人の使いで来た下男が長居をするわけには行かない。周囲の目や耳を憚って、小半刻もしないうちに帰ってしまう。

しかし、今日は義父母に気兼ねをせずに語り合える。治助も同じ思いらしく、ほっとしたような顔をした。

「それにしても、春さまは大きくなりやしたねぇ」

「会うのは三月《みつき》ぶりだもの。大きくなるに決まっているわ」

「本当に、じょうさまにそっくりで」

「どうせこの子もおたふく顔よ」

絡むような口を利くのは、普段思っていることを自由に言うことができないからだ。つい調子に乗って閨《ねや》のことまで打ち明ければ、治助の顔がにわかに曇る。

「じょうさま、そいつはまずいんじゃありやせんか」

「え、どうして」

「春さまが生まれて四月になるのに、一度もねぇなんて……言いたかねぇが、義三さまに女がいるとしか思えやせん」

「まさか、旦那さまに限って」

一瞬ひやりとしたものの、相手の疑念を笑顔で打ち消す。治助は真面目な顔で膝を進めた。

「口数の少ない連れ合いをなめてかかっちゃいけません。わっしの逃げた女房だって、これといって取柄のねぇ、目立たない女でね。突然いなくなられるまで、他に男がいるなんて夢にも思いやせんでした」

「でも、旦那さまは毎晩お帰りになるわ」

「わっしの女房だって朝帰りなんざしたこたぁありやせん。男と女の秘め事に昼も夜もねぇんですぜ」

そもそも幕臣は上役の許しがない限り、夜間に組屋敷を空けられない。憐れむような目で見られ、栄津の顔がいよいよこわばる。

「今だから言っちまいやすが、義三さまを見たときから嫌な予感がしたんでさ。あんな優男が二十八まで独りだなんて尋常じゃねぇ。深い仲の女がいて、嫁取りが遅れたんじゃありやせんか」

「だったら、その女を妻に迎えるはずでしょう。持参金もない私を娶る必要はなかったはずよ」

たとえ相手が町人でも、武家の養女にすればすむ。だいたい家柄にこだわるなら、長沼家の娘を娶ったりしないだろう。

「ですから、それができねぇくらいわけありの……大店の主人の妾《めかけ》とか、上役の御新造とか……義三さまは表沙汰《おもてざた》にできねぇ色恋に溺《おぼ》れた挙句、おふくろさまに泣き付かれてじょうさまと一緒になったに違いねぇ」

「そんな馬鹿な」

栄津は言い返そうとしたが、続く言葉が出てこなかった。

確かにそういう事情なら、見た目のいい義三が独り身だった説明がつく。自分と一緒になったのは、昔の悪さが露見しても泣き寝入りすると思ったからか。

「じょうさまが身籠っている間に、焼けぼっくいに火がついたか、別の女に言い寄られたか……いや、その、確かな証があって言ってるわけじゃござんせんがね」

こっちの顔が青ざめていたからだろう、治助が焦って付け加える。栄津はかすれる声を絞り出した。

「確かな証はないけれど、治助はそう思っているんでしょう」

さっきまでは雨の中を来てくれてうれしいと思っていた。だが、こんな話を聞かされるなら、訪ねてくれないほうがよかった。

こちらの思いが伝わったのか、治助は気まずく目をそらす。

「わっしだってこんな話、じょうさまにしたくありやせん。けど、春さまが生まれてから一度もねぇなんて、どう考えてもおかしいや。このまま見て見ぬふりを続けていたら、厄介な事になりかねねぇ」

「厄介な事って」

「義三さまとよその女の間に男の子が生まれたらどうしやす。場合によっちゃ、じょうさまの立場だって危うくなりやす」

栄津に男子が生まれなければ、その子を引き取ると言われかねない。もしくは栄津を離縁して、母親ごと迎え入れることも考えられる――低い声で告げられて、栄津はごくりと唾を呑んだ。

――次は、必ず男子を産んでくだされ。

出産直後に耳にした姑の言葉がよみがえる。下男の心配は的外れだと笑い飛ばすことはできなかった。

國木田家を追い出されたら、自分はどこに行けばいい。兄が出戻りの妹を喜んで迎えるはずもなく、子連れで後添いになることも難しい。

いや、春はこの家の者だからと自分ひとりが追い出されたら……我が子を抱く手に力が入り、赤ん坊がむずかった。

嫁に行く前は、嫁に行ったら道が開けると思っていた。嫁いでからは、子が生まれればうまくいくと信じていた。

だが、ひとつ望みがかなうたびに「こんなはずでは」と思わされる。いくつになったら、自分はこの世に居場所を得ることができるのか。

「この子が男だったらよかったのよね」

そうすれば夫に女がいても、うろたえずにすんだだろう――栄津は口に出してから、そう思う己が情けなくなる。下唇を噛み締めれば、治助が首を左右に振った。

「そんなことを言ったら、春さまがかわいそうでさ。今一番肝心なのは、じょうさまが一日も早く男の子を産むこった」

「でも」

夫婦の交わりがなかったら、男も女も生まれない。うつむく栄津に年寄りはけろりと言った。

「そう心配することたぁござんせん。今晩あたり寝間で誘ってごらんなせぇ。むこうもその気になりやすって」

「馬鹿なことを言わないで。私にそんな真似ができるはずないでしょう」

商売女ならいざ知らず、たとえ相手が夫でも女のほうから誘えるものか。真っ赤になってかぶりを振れば、相手はにやにや笑い出す。

「誘うったって、二人っきりになったところでじっと見つめりゃいいだけだ。義三さまも武士の端くれ、女房の据え膳を食わねぇこたぁねぇでしょう」

「その話はもういいわ。そ、それより、史穂は元気なの。ずいぶん会っていないけれど、さぞ大きくなったでしょう」

栄津はついに音を上げて、いささか強引に話を変える。治助は虚を衝《つ》かれたように目を瞠った。

「へ、へえ、特に変わりなく過ごしていらっしゃいやす。……紀世さまも前よりは家のことをなさいやすし」

「そう、よかったわ」

栄津は嫁入りしてからほとんど実家に戻っていない。去年の正月に新年の挨拶に行ったきり、史穂とは一年以上顔を合わせていなかった。

「私が嫁に行ったらどうなるかと思ったけれど、ようやく紀世さんも長沼家の嫁として生きる覚悟ができたのね」

この二年でわがままな紀世も少しは成長したらしい。栄津がほっとしていると、治助が「それより」と話を変えた。

「又二郎さんが嫁を取り、浅田家の家督を継ぐそうです。お隣の和江さまが史郎さまに言っておりやした」

今ここで幼馴染みの名を耳にするとは思わなかった。目を丸くした栄津に下男は話を続ける。

「嫁は何と御旗本、大番士《おおばんし》の娘だとか。又二郎さんはおつむがいいから、さぞご出世なさいやしょう」

「……そう、水嶋のおばさまも喜んでおいででしょうね」

大番士は御目見え以上の二百俵取りである。そこの娘が御目見え以下の百俵取りの家に嫁ぐなんて、幼馴染みはよほど見込まれたのだろう。

御徒目付は才覚次第で出世ができる。嫁の実家も後押しをしてくれるに違いなく、又二郎の今後は順風満帆と言っていい。

――俺が学問に励んだのは、養子に行って栄津さんと一緒になりたかったからだ。

夫に疑いを抱いた今も、又二郎の求婚を断ってよかったと思っている。そのくせ、幼馴染みと一緒になる相手のことが気にかかる。

大番士のお嬢さんってどんな人かしら。わざわざ格下の家に嫁がされるくらいだもの、どうせたいした器量じゃないんでしょう――危うく余計な口を滑らす前に、治助が「どれ」と腰を上げた。

「それじゃ、わっしは退散しやしょう。じょうさま、身体にはくれぐれも気を付けてくだせぇよ」

「え、ええ、治助も気を付けて。史穂によろしく伝えてちょうだい」

栄津は下男を見送ってから、ひとり自嘲の笑みを浮かべる。

もう少しで、またみっともない姿を見せてしまうところだった。治助が帰ると言ってくれて助かったわ。

降り続く雨は朝よりも激しくなっていた。

三

夫に女がいるかもしれない。

その考えは栄津の胸をふさがせた。

治助は「見つめるだけでいい」と言ったけれど、義三は舅と違って他人の心の機微に疎い。さっそく寝間でじっと見つめてみたところ、「疲れているなら、早く休め」と見当違いなことを言われた。

それとも私を抱きたくないから、気付かないふりをしているの――夫に対する疑いは日増しに大きくなっていった。

私の前ではいつもぼんやりしているけれど、他の女と一緒だとまるで態度が違うのかも。義父上と義母上は倅《せがれ》の女遊びを承知なさっているのかしら。

昼間は忙しく働いているため、さほど考えなくてすむ。けれど、床に入って寝付くまでに余計なことを考える。ようやく眠ったと思ったら春の夜泣きに起こされて、寝直すまでにまた悶々とする。

「このところ何だか元気がねぇな。具合でも悪いのかい」

舅の忠兵衛にそう聞かれたのは六月も末のことだった。栄津が「いいえ」と首を振れば、ほっとしたような顔をされた。

「ならいいが、身体には十分気を付けることだ。近頃は麻疹《はしか》にかかる子が増えているそうだからな」

「それはまことでございますか」

「ああ、知り合いの医者が言っていた」

出所の確かな話と知り、栄津はたちまち緊張する。

麻疹にかかると高熱が出て、身体中に発疹《ほっしん》が出る。俗に「命さだめ」と呼ばれるこの病は、十数年から二十年に一度猛威を振るい、江戸っ子を震え上がらせた。

前回流行《はや》ったのは、文政六年（一八二三）の冬から七年の春にかけてで、当時十歳だった栄津はそのとき麻疹にかかっている。高熱とかゆみに苦しみながら、「赤いぼつぼつが消えなかったらどうしよう」と両手を握り締めたものだ。

「こう雨ばかり続いていたんじゃ病が流行ってもおかしくねぇが、赤ん坊が麻疹にかかれば大事《おおごと》だ。くれぐれも気を付けてやるんだぜ」

「はい」

麻疹は主に子供がかかり、命を落とすこともめずらしくない。だからこそ「命さだめ」と呼ばれ、広く恐れられている。

どんな病が流行っても、春は絶対守ってみせる。栄津が意気込んだ数日後、舅はなぜか恥ずかしそうに麻疹絵を差し出した。

「一応持ってな」

「義父上、これは」

「病は気からって言うだろう。気休めだよ」

「はい、ありがとうございます」

麻疹絵は麻疹除《よ》けの錦絵《にしきえ》である。忠兵衛が買ったものには、馬と飼い葉桶《おけ》をかぶった子供（飼い葉桶をかぶると麻疹にかからないと言われている）が描かれていた。

――一文二文の賽銭《さいせん》で、神仏のご加護なんざあるもんか。

日頃、そう言って憚らない舅がこんなものを買うなんて。それほど孫が心配なのかとありがたく受け取れば、相手はさらに付け加えた。

「ついでに升麻葛根湯《しょうまかっこんとう》も買っておいた。春が熱を出したら、すぐに呑ませてやんな」

升麻葛根湯は麻疹の特効薬として知られている。至れり尽くせりの忠兵衛に手を合わせたい気持ちになった。

「義父上、本当にありがとうございます」

「なに、春はこの家の跡継ぎ娘だ。万一のことがあっちゃ困る」

忠兵衛は照れたような顔をしてそそくさと座敷を出ていく。義父上がいてくださってよかったと、栄津は改めて強く思った。

七月に入って麻疹はさらに広まりを見せたが、文政のときと違って「大人がかかった」という話は聞かない。「弔いが出た」という話も耳にしないので、性質《たち》は悪くないのだろう。今回の麻疹をやり過ごせば、次に流行るのは十数年後だ。

栄津は夫の浮気のことなど忘れ、春の無事だけを願っていたが、

「じょうさま、お願いしやす。わっしと一緒に来てくだせぇ。史穂さまが麻疹にかかって苦しんでいなさるんでさ」

七月十日の四ツ半（午前十一時）頃、息を切らした治助が國木田家にやってきた。老いの身も顧みず、下谷から駆け通してきたらしい。雨も降っていないのに額は濡れ、着物は汗を吸って色を変えていた。

「史穂さまは熱にうなされながら、じょうさまのことを呼んでやす。薬はいっこうに効かねぇし、このままじゃ死んじまう」

玄関先で大声を出され、出迎えた栄津はうろたえる。とはいえ、事情を知ってし

まえば、叱ることもできなかった。

「義姉上は何をなさっているの」

「紀世さまはうつるのを怖がって、ろくに看病をなさらねぇ。史穂さまが死んでもいいと思っているに決まってらぁ」

吐き捨てるような返事に栄津は耳を疑った。

史穂の父親が誰であれ、紀世にとっては我が子である。「いくら何でも」と言う前に治助が茶色い歯を剝《む》き出す。

「じょうさまには言っておりやせんでしたが、史郎さまと紀世さまは今じゃすっかり仲睦《なかむつ》まじいご夫婦だ。遠からずお二人の御子が生まれやしょう」

にわかには信じ難かったが、紀世も今では実家から疎まれていると聞く。帰る家を失って、兄と添い遂げる気になった結果、兄の種ではない子が邪魔になったということか。

「このままあの世に逝かせたら、あまりにも史穂さまがかわいそうだ。どうか、わっしと来ておくんなせぇ」

下男の目は血走っていて目の下には隈《くま》がある。この数日、ひとりで史穂の看病をしていたに違いない。

長沼家では、我が子を顧みない義姉に代わって幼い姪の面倒を見ていた。病の床にあると聞けば、駆けつけてやりたい気持ちはある。

けれども、そのせいで麻疹にかかったら……挙句、春にうつしたら、取り返しのつかないことになる。

「あの、治助」

「こうしている間にも、さらに熱が上がっているかもしれやせん。じょうさま、急いでくだせぇ」

問答無用で急かされて、返す言葉が出なくなる。

もしここで行かないと言ったら、どんな顔をされるだろうか。

父亡き後は兄に代わって自分を守り、いつもそばにいてくれた。栄津が泣く泣く手放した蒔絵の櫛を取り戻し、嫁に行くか迷ったときも「後のことはわっしが引き受けやす」と言ってくれた。

行きたくないとはとても言えない――栄津がそう思ったとき、千代が騒ぎを聞いてやってきた。

「玄関先でみっともない。栄津、さっさと帰ってもらいなされ」

「お、お待ちくだせぇ」

下男は改めて事情を説明したが、姑の態度は変わらなかった。

「長沼家で病人が出たからといって、どうして当家の嫁が看病をしに行かねばならぬ。思い違いもたいがいにせよ」

「ですが、じょうさまは史穂さまの母親代わりでござんす」

「史郎殿の妻女が亡くなったとは聞いておらぬ。実の母がいるのに、何ゆえ栄津が呼ばれるのじゃ」

もっともな言い分に、治助が束の間言葉に詰まる。

いくら栄津の嫁ぎ先でも、長沼家の秘密――史穂が主人の子ではないと打ち明けることは憚られるのだろう。弱り切った顔でこっちを見た。

「どうか、じょうさまからも言ってやっておくんなせぇ。憐れな史穂さまを見捨てることはできねぇって」

「私は……」

史穂はかわいそうだと思うし、治助には恩も義理も感じている。

だが、実の母が見捨てた子をどうして自分が看病しなくてはならないのか。自分が麻疹にかかったら、誰が看病してくれるだろう。夫はもちろん、義父母だって看てくれるか怪しいものだ。

栄津が返事をできずにいたら、姑が目をつり上げる。

「奉公人の分際で当家の嫁に命じるでない」

「確かにわっしはただの下男で、じょうさまにあれこれ言える立場じゃござんせん。ですが、史穂さまは命の瀬戸際でじょうさまを待っていなさる。死にかけている子を憐れと思って、じょうさま、いや御新造さまを貸してやっておくんなせぇ」

切羽詰まった表情で治助が土間に膝をつく。

しかし、千代は譲らなかった。

「何と言われようと、当家の嫁に麻疹の看病などさせられぬ。手ぶらで帰れぬと言うのなら、これを持っていくがよい」

そう言って千代が差し出したのは、升麻葛根湯である。治助の顔が見る見るうちに怒りで赤らんだ。

「史穂さまの特効薬はじょうさまだ。必ずじょうさまを連れてくると、わっしは約束したんでさ」

土間を叩いて訴えられて、ますます栄津の気持ちが揺れる。

麻疹は一度かかると二度かからないとも言われている。長居をしなければ、うつることはないだろう。ここ数日、史穂を看病していた治助も麻疹にかかっていないのだから。

そう思う一方で、「万一」という恐れが消えない。栄津が目を伏せたとき、「いい加減にせいっ」と千代が怒鳴った。

「麻疹で命を落とすなら、それもその子のさだめであろう。当家の嫁とは一切関わりなきことじゃ」

「おめぇだって人の親だろうっ。よくもそんな血も涙もねぇことが言えるもんだ」

怒りで我を忘れたらしく、治助の言葉が乱暴になる。千代はそれを咎《とが》めもせず、毅然《きぜん》とした態度で言い返す。

「なればこそ、栄津は行かせられぬと言っておる」

「何だとっ」

「我が家の孫はまだ生まれて半年にもならぬ。もし栄津が麻疹になり、春にうつったら何とする」

姑に言われて、ようやくそのことに気付いたらしい。治助は一瞬目を泳がせたが、すぐに「けど」と食い下がった。

「じょうさまは子供のとき、麻疹にかかっていなさる。もう一度かかるとは思えねぇ」

おりますぞ」

「どうしてそう言い切れる。私の知り合いに、二度麻疹にかかって死にかけた者が
「そ、それはたまたま」

「では、栄津がそのたまたまにならぬとどうして言い切れるのじゃ」

一歩も引かない姑に治助はがくりとうなだれる。そして恨めしそうに栄津を見上げ、足を引きずって立ち去った。

「これからも、あの者が何と言おうと決して行ってはなりませぬぞ。病の子の看病はその子の親に任せればよい」

「はい」

うなずきはしたものの、別れ際に見た治助の表情が気にかかる。同時に、史穂を見捨てた後ろめたさが栄津の胸に影を落とした。

今年の麻疹で死んだ子はほとんどいない。治助は大騒ぎしているけれど、すぐよくなるに決まっている。

史穂の麻疹が治ったら、下谷に顔を出せばいい。そのとき恨み言を言われるかもしれないが、姑に逆らえない嫁の立場は治助にだってわかるはずだ。

謝れば、きっと許してくれる――栄津は己にそう言い聞かせた。

八日後の十八日は二百十日にあたっていた。江戸は激しい風雨に見舞われ、一時は大川の水があふれた。

國木田家の組屋敷は屋根が飛び、栄津たちはしばらく忠兵衛の知り合いが所有している隠居所に住まうことになった。

史穂の死を知ったのは、それから五日後のことだった。

四

天保七年は夏がなく、春から秋になってしまった。それとも、梅雨《つゆ》が終わらずに今も続いているのだろうか。

七月二十八日の晩、栄津は寝付かれずに何度も寝返りを打っていた。

舅の知り合いの隠居所は、深川元町のすぐそばの三間町《さんげんちょう》にある。壊れた組屋敷から家財道具を持ち出したり、使えないものを処分しなければならないので、仮住まいが近いのはありがたい。

毎日泥だらけで働いている間に姪の弔いは終わっていた。

――こちらの事情を知った上で、あえて知らせなかったのでしょう。

千代はそう言ってくれたけれど、取り返しのつかないことをしたという苦い思いは消えなかった。いっそ治助に罵《ののし》られれば、少しは気持ちも晴れるだろうか。

史穂は十八日の昼過ぎに息を引き取ったらしい。麻疹にかかって寝込んでから、たった十日で死んでしまった。

治助は見舞いにも来ない叔母のことを何と説明したのだろう。ありのままに伝えたか、病の子を思いやって嘘をついたか。いずれにしても、史穂はがっかりしたに違いない。

死に顔を見ていないため、栄津は未《いま》だに姪が死んだとは思えなかった。「栄津ねえしゃま」と呼ぶ声は今でも耳に残っている。本当に死ぬとわかっていたら、姑に逆らってでも顔を見に行ったのに。

いや、死ぬほど悪いと知っていたら、なおさら行かなかっただろうか。そもそも自分が行ったところで、よくなったとは思えない。それとも自分の顔を見れば、少しは元気になったのか……。

身体は疲れ切っていても史穂のことを思うと眠れない。栄津は寝間を抜け出すと、足音を忍ばせて庭に出た。

この隠居所は舅の碁敵の持ち物だそうで、元の組屋敷よりはるかに金がかかっている。よって造りはしっかりしているが、仮住まいと思えば落ち着かない。

月末の夜空に月はなく、代わりに星がまたたいている。この数日は晴れたけれど、果たしていつまで持つものか。

思わずため息をついたとき、背後で「何してんだい」と声がした。振り向くと、寝間着姿の舅が立っている。

「義父上こそ、こんな時刻にどうなさいました」

「怪しい物音がしたんで、見に来たのさ」

どうやら耳ざとい年寄りを起こしてしまったようだ。「申し訳ありません」と謝れば、忠兵衛が「気にすんな」とかぶりを振った。

「姪っ子は気の毒だったな」

「……はい」

言われた「気の毒」という言葉の意味を胸の中で嚙み締める。史穂は短い一生で「生まれてよかった」と思ったことがあっただろうか。

栄津は我知らず呟いた。

「私はこの家に嫁ぐべきではなかったかもしれません」

自分が長沼家にいれば、恐らく史穂は死なずにすんだ。治助は親身になって面倒を見ただろうが、奉公人の立場ではできることに限りがある。だからいよいよ危なくなって、栄津を呼びに来たのだろう。

國木田家に嫁がなければ、夫の浮気を疑って悩むことも、姑の小言に振り回されることもなかった。嫁ぎ先でも己の居場所を得られないなら、あのまま実家に留まっていればよかったのだ。

ややあって忠兵衛が呆れたような声を出した。

「だったら、春は生まれねぇほうがよかったってのか」

「……この家で春をかわいがってくださるのは、義父上おひとりですから」

言外に「義母と夫は違う」という思いを込めれば、なぜか舅が「ったくよう」と吐き捨てる。

「おまえはつくづく人を見る目がねぇな。春をかわいがってんのは、俺じゃなくて千代だろう」

「まさか」

「何がまさかだ。麻疹絵だって薬だって千代が買ってきたんだぜ。俺はおまえに渡してくれと頼まれただけだ。そもそもこの俺が麻疹絵なんざ買うもんか」

「でも……義母上は男子を欲しがっていらっしゃいましたし」

「ひとり目は女子だったんだ。二人目は男子が欲しいだろう」

いきなりそんなことを言われても、とても信じることはできない。栄津が口をつぐんだら、忠兵衛は意外な昔語りを始めた。

舅は若い頃、とんだ放蕩者《ほうとうもの》だったそうだ。微禄《びろく》とはいえ幕臣でありながら、えらぶったところがなく見た目もいい。深川の女郎屋では、「忠さまだったら、タダで相手をしてあげる」という女も多かったらしい。

おかげですっかりいい気になり、「たかが七十俵五人扶持に縛られるなんぞ御免こうむる。御家人株を叩き売って面白おかしく暮らしたい」と両親に申し出たとか。

「出来損ないの倅に俺の親は青くなった。このままじゃ家が潰れるってんで、誰よりもしっかりした娘と添わせようとしたのさ」

その結果、白羽の矢が立ったのは千代だった。実家は小普請組《こぶしんぐみ》とはいえ百俵取りの御家人で、舅は「疱瘡病みじゃなかったら、素行の悪い御徒の嫁にはならなかったに違いねぇ」と笑った。

「もっとも、本人はあばたのせいで一生嫁には行けないと思い込んでいた。俺のほうは千代と一緒にならないと勘当すると脅されてな。互いに否応《いやおう》なしだった」

忠兵衛の遊びはその後も続き、千代は泣き言ひとつ言わずに夫と家のために尽くしたという。そして子が生まれて年を重ねるうち「タダでもいい」と言う女郎はいなくなり、「家で黙って待っている千代がいじらしくなったのよ」と舅は照れくさそうに顎をかいた。

まさか、あの姑を「いじらしい」と称する人がいるなんて。目を丸くする栄津に構わず、忠兵衛は続けた。

「さて女遊びは収まったが、お城勤めはいつまで経っても嫌で嫌で仕方がねぇ。愚痴ばかりこぼしていたら、千代が俺に言ったのさ」

――そこまでおっしゃるなら、あと十年辛抱してくださいまし。義三が元服いたしましたら、隠居してくださって結構です。

千代に厳しく育てられた義三は、十五で元服して親の跡を継いだ。忠兵衛は好き勝手ができるようになったものの、それを境に千代の態度が一変した。

まるで人が変わったように、夫に遠慮のない口を利く。理由を聞けば、「この家の当主は義三ですから」と言われたそうだ。

「では、義父上が病弱だというのは」

「年若い倅に跡を譲るための方便よ」

とんでもない裏の事情を聞いて、栄津は言葉を失った。なるほど、忠兵衛が「俺はやさしくねぇし、立派でもねぇ」と言うはずである。

「出仕を始めた義三は年が若いというだけで人一倍こき使われた。それだけならまだしも、他人のしくじりを押し付けられることも多かった。そのうちすっかりやる気をなくし、何も己で考えられねぇでくの坊になっちまったのさ」

覇気をなくした倅を見て、千代はまずいと感じたらしい。そして、忠兵衛の親と同じようにしっかりした嫁を探し始めた。

「おまえも知っての通り、よろずなげやりな義三は『好きにしろ』が口癖だ。出来の悪い嫁をもらえば、とんでもねぇことになりかねねぇ。おまけに、千代の目にかなう娘がいなくてな」

そのうちに國木田家の悪評――母親はたいそう口やかましく父親は病がち、息子も母親に頭が上がらない――が広まって、ますます嫁取りが難しくなった。これぞと見込んだ娘がいても、親に断られてしまうのだ。

「栄津が来てくれなかったら、義三は今でも独り身だったぜ」

「まさかそんな……私は義母上からお小言ばかり頂戴《ちょうだい》しておりますもの」

「そりゃ、剣術の指南が見込みのある弟子に厳しく稽古をつけるようなもんだ。気に入ってなけりゃ、己のおかずを譲ったりするもんか」

「おかず、ですか」

「鈍いやつだな。千代が難癖をつけておかずの皿を突き返すのは、おまえに食べさせるためじゃねぇか。腹が減って乳の出が悪くなったら困るだろう」

そう舅に言われても、栄津は信じられなかった。

だったら最初から「これもお食べなさい」と言えばいい。麻疹絵だって薬だって、自分の手で渡してくれればいいではないか。

思ったことを口にしたら、舅に鼻で笑われた。

「嫁が姑にそんなことを言われて、『ありがとうございます』と受け取れるか？『お気持ちだけでけっこうです』『どうか、義母上が召し上がってくださいまし』って、断ることになるだろうが。麻疹絵や薬にしても素直に受け取れなかったはずだ」

とても納得はできないけれど、思い当たる節もないではない。

――早く洗濯を始めないと、春の襦袢が乾きませせぬぞ。

姑の小言のほとんどは姑のためのものではない。おかずを突き返されるのだって、今では内心喜んでいた。

治助が迎えに来たときも、千代が断ってくれなければ自分は下谷に行ったはずだ。

心の中では行きたくない、麻疹がうつったらどうしようと下男を恨めしく思いながら。

「ここだけの話だが、千代は義三にも釘を刺してんだぜ。春が乳離れするまでは、栄津に無理をさせるなって」

「それはまことでございますか」

「今さら嘘をついても仕方ねぇだろう」

では、夫は姑の言いつけに従って栄津を求めなかったのか。次は必ず男子を産めと言っておいて、そんな気を遣っていたなんて。今まで悩んだのは何だったのかと、栄津はへたり込みそうになる。

大事にされているなんてまるで気付いていなかった。自分の居場所はここにないと勝手に思い込んでいた。

……史穂、ごめんなさい。薄情な栄津ねえさまを恨んでちょうだい。

まだこの世をさまよっているであろう姪の御霊《みたま》に心の中で呼びかける。

自分は長沼栄津ではなく、國木田栄津になったのだ。たとえ治助に情け知らずと罵られても、我が子と國木田家を守るためならどんなものでも切り捨てよう。

「私を見込んでくださった義母上のお役に立てるよう、よりいっそう努めます」

「ああ、よろしく頼んだぜ」

星明かりの下、忠兵衛がかすかに笑ったのが見えた。


不幸というのは続くのか。組屋敷の普請が終わりに近づいた八月一日、さらにひどい暴風雨が江戸を襲った。深川の多くは水につかり、多数の死者や怪我人が出た。江戸近郊では収穫前の米が駄目になり、深刻な米不足に陥った。

國木田家は全員無事だったものの、また一から組屋敷を建て直す羽目になり、内証はいよいよ苦しくなった。

栄津が長沼家に赴いて史穂の位牌《いはい》に手を合わせることができたのは、組屋敷の普請がようやく終わった八月末のことだった。

長年仕えてくれた下男はすでに暇を取っていた。

第四話　紅《べに》の色――二十八歳

一

天保十二年（一八四一）十一月四日の昼下がり、栄津は馴染みの質屋の店先で思わず声を尖《とが》らせた。

「では、縮緬《ちりめん》の小袖で金は貸せぬと申すのですか」

「申し訳ございません。この御時勢でございますから」

「これは特に大事なもので、流すつもりはありませぬ。必ず期限までに返しますゆえ、二両ほど都合して欲しいのです」

「御新造さまのお人柄は手前もよく存じております。ですが、いざと言うときに売れないものをお預かりすることはできません。なにとぞご勘弁くださいまし」

顔見知りの主人に頭を下げられ、栄津は返す言葉をなくす。

義母から譲り受けた若草色の小袖は、栄津の持っている着物の中でもっとも高価な品である。それが質草《しちぐさ》にならないなんて到底呑み込める話ではない。責めるような目を向ければ、相手はさらに言い添えた。

「ご承知とは存じますが、こたびの御改革で手前ども町人は高価な絹物を着ることがなくなりました。高禄《こうろく》のお武家さまとそのお身内は、質流れなどお求めになりませんし、町人に売ろうものなら、手前までお咎めを受けてしまいます。今は高価なよい物ほど扱いに困るのでございますよ」

「そんな馬鹿な」

「どうしても金子《きんす》が必要でしたら蚊帳でもお持ちくださいまし。二両は無理でございますが、いくらか御用立ていたしましょう」

蚊帳は暑い時期しか使わないし、蚊の多い深川ではどこの家にも必ずある。冬の質草にはお誂《あつら》え向きだが、國木田家の蚊帳はたいそう古い。しかも、いたるところに穴が開いていた。

あんなものを他人に見せたら、それこそもの笑いの種になる。また首尾よく預かってもらえても、得られる金はごくわずかだ。

すっかり当てが外れた栄津はため息まじりに呟いた。

「縮緬の小袖では一文も借りられず、使い古しの蚊帳ならば質草になるなんて……おかしな世になったものです」

「すべてはお上《かみ》のお決めになったことでございます。御新造さまもお言葉には気をつけられたほうがよろしいかと」

非難がましい口を利けば、すかさず主人に諌《いさ》められる。その口調はいつもと変わらなかったが、目つきはどこか剣呑《けんのん》だった。

今年の閏《うるう》一月に西の丸の大御所さまがお亡くなりになり、老中首座水野《みずの》忠邦《ただくに》さまによる御改革が始まった。

三年前から料理屋や菓子屋は「無駄に手間暇をかけた豪華な品を客に出してはならない」と申し渡されていた。また百姓町人には「櫛《くし》、笄《こうがい》、簪《かんざし》、煙管《キセル》などに金銀を用いてはならない」とのお達しがあり、「手持ちの金銀を使った品は金座、銀座に差し出せ」とも命じられていた。

もっとも、幕府による奢侈《しゃし》禁止《きんし》は今に始まったことではない。いつも長くは続かないし、そろそろうやむやになるだろう。そう呑気に構えていた江戸っ子は、より厳しくなった取り締まりに息をひそめざるを得なかった。

名のある料理屋や菓子屋、小間物屋、呉服屋が相次いで潰れ、奉公人はもとより出入りの職人も暮らしに困ることになった。岡場所の女郎はもちろん吉原《よしわら》の花魁《おいらん》ですら高価な錦の衣装を身にまとうことが許されなくなり、客の減った盛り場はすっかりさびれてしまったという。

そこへ追い打ちをかけるように先月七日には堺町《さかいちょう》から火が出て、中村座《なかむらざ》と市村座《いちむらざ》が燃え落ちた。あれからひと月近く経つのに、芝居小屋は再建されていない。かつての賑《にぎ》わいに比べれば、今の江戸は祭りの後のような有様である。

唯一賑わっているのは、仕事を失った者たちが日夜押しかける口入れ屋だ。しかし、よい働き口などあるはずもない。ささやかな日々の楽しみばかりか、たづきの道まで奪われた者たちは政《まつりごと》への不満をくすぶらせていると聞く。

幸い旗本御家人は家が続く限り家禄を御公儀より与えられる。建前は一代限りの御徒でさえ、子や孫に役目を継がせられる。どのような不景気に襲われようと、幕臣は路頭に迷わずにすむ。

御公儀の禄を食《は》んでいながら、とやかく言える立場なのか――質屋の主人は腹底でそう思っているのだろう。栄津はにわかに気まずくなり、小袖を風呂敷に包み直した。

わざわざ大川を渡って霊岸島《れいがんじま》までやってきたのに、とんだ無駄足になってしまった。さりとて組屋敷に近い深川の質屋は人目が気になる。栄津は主人に頭を下げ、そそくさと店を後にした。

「貧乏暮らしをしているのに、贅沢《ぜいたく》を禁じるお触れのせいで金の工面ができないなんておかしいわよね」

栄津はひとりごちながら、大川へ向かって歩いていく。

五ヵ年の倹約令が出た三年前、栄津は御公儀の方針にもろ手を挙げて賛同した。先だっての飢饉《ききん》の折、御公儀はお救い小屋を建てて江戸の貧民を救済している。その記憶も失《う》せぬうちから町人が贅沢をするなんて思い違いも甚《はなは》だしい。

金さえあれば何でもできると思っていたら大間違い。散財している大商人《おおあきんど》はせいぜい痛い目を見ればいい。人知れず溜飲《りゅういん》を下げたときは、そのせいで己も困るなんて夢にも思っていなかった。

大きな橋の近く、特に深川と日本橋を結ぶ永代橋《えいたいばし》のたもとは人通りが絶えないためか、多くの物乞いが座っている。川面《かわも》を渡って吹き付ける霜月の風は刺すように冷たく、みな粗末な筵《むしろ》をかぶり、身体を小刻みに震わせている。中には女房に逃げられたのか、幼い子供を膝の上に抱いている男もいた。

頼れる身内や知り合いがいれば、こんなところでなす術《すべ》もなく震えてはいないだろう。それとも頼るに頼られず、行きついた先がここなのか。栄津は漂う臭《にお》いに顔をしかめ、気付かぬふりで足を速めた。

町人に比べればまだしも恵まれているとはいえ、御家人の暮らしも楽ではない。御公儀からいただく禄は増えず、札差には先祖代々の借金がある。少しでも予期せぬ出費があれば、たちまち金が足りなくなった。

「やはり義父上がおっしゃる通り、兄上を頼るしかないようね」

あえて口に出したとき、一際強い風が吹いて栄津は一歩後ずさる。とっさに右の袖で顔を覆い、左手で風呂敷包みを抱き締めた。

もし実家に金を借りに行けば、この風より激しい嫌みにさらされるだろう。それでも、行かないわけにはいかない。

——すまねぇが、兄上のところに行って二両ほど都合してもらえねぇか。

舅の忠兵衛が言いにくそうに切り出したのは三日前のこと。姑の千代が墓参りに出かけて留守にしているときだった。

——実は、義三がお役目をしくじってな。とばっちりを受けた連中の機嫌を取らなきゃならないんだが、おめぇも知っての通りうちの金蔵は空っぽだ。千代も今度ばかりは工面ができねぇと言うし、このままじゃ義三の面目が立たねぇのよ。

辺りを憚るように言われ、栄津は目を丸くした。

当の夫からそんな話は一言だって聞いていない。「まことでございますか」と聞き返せば、忠兵衛は片眉を撥《は》ね上げる。

——俺が嘘をついていると言うのかよ。

――そういうわけではございませんが……長沼の家も内証は火の車のはず。私が無心をしたところで、聞き入れてもらえないと思います。

小さな声で言い訳すれば、忠兵衛はにやりと笑った。

――そんなこたぁねぇって。おめぇの兄上は御目付さまに目をかけられ、今じゃ下谷の組屋敷に客がひっきりなしに来るそうだぜ。

まさかという思いで見返せば、「本当だって」と忠兵衛は続けた。

――鳥居耀蔵《とりいようぞう》さまは御目付になられる前、御徒頭《おかちがしら》をなさっていてな。史郎殿はその頃から鳥居さまの御屋敷に出入りをしていたんだと。

舅が興奮しているように見えるのは、嫁の兄が出世をすればおこぼれに与《あずか》れると思うからか。

栄津は実の妹ゆえに、とても信じられなかったが、

――おめぇと史郎殿はこの世でたった二人の兄妹だろう。義三は義理の弟で、組は違えど同じ御徒だ。事情を話せば、無下にはすめぇ。

期待に満ちた目を向けられて、それでも嫌とは言えなかった。

嫁入りの際、栄津がろくな道具を持たずに来たことを舅は忘れてしまったらしい。それとも、身ひとつで嫁いできたから今こそ融通してもらえと言いたいのか。栄津

は「わかりました」と顎《あご》を引き、心の中で夫を恨んだ。

どうしても金が必要なら、自分の口から言えばいい。親から妻に言わせるなんて、いい年をしてみっともない。知らず奥歯を嚙《か》み締めたとき、三月《みつき》前の晩に夫と交わしたやり取りを思い出した。

——私も二十八になりました。このままいたずらに年を取れば、立派な跡継ぎを産むことができなくなります。旦那さまはそこのところをいかにお考えなのですか。長女の春が生まれてからすでに五年も経っている。姑からも口癖のように「早く跡継ぎを」と言われているのに、夫はなかなかその気にならない。恥ずかしさをこらえて訴えれば、相手は意外な言葉を口にした。

——我が家の家計は苦しいのだろう。男だろうと女だろうと、食い扶持が増えればますます大変になるではないか。

では、子作りを避けていたのはそのためかと、栄津は呆気《あっけ》に取られてしまった。

確かに子が増えたら苦労も増えるし、余計に金もかかるだろう。だが、それに勝る喜びも数限りなくあるはずだ。我が子の誕生を「食い扶持が増える」としか思えないなんて、何と貧しい人なのか。

すっかり落胆した栄津は布団をかぶって背を向けた。以来、夫婦の語らいはますます少なくなっている。

あんなことを言った手前、「お役目をしくじって金がかかる」と私に言えなかったのかしら……。

長い永代橋の途中で立ち止まったまま、栄津は小さなため息をついた。

二

翌日、久しぶりに訪ねた長沼家の組屋敷には立派な離れが建っていた。

どうやら舅から聞いた話は本当だったらしい。すっかり様変わりした実家の様子に栄津は目をしばたたく。

五年前、姪の史穂はわずか六歳にして麻疹で亡くなり、長年長沼家を支えてくれた下男の治助も暇を取った。それからは両親と姪の墓参りだけ欠かさず続けているものの、実家の敷居は跨《また》いでいない。一昨年、兄嫁の紀世が男の子を産んだときでさえ、「風邪をひいた」と嘘をついて姑の千代に行ってもらった。

すでに両親は亡いけれど、長沼家は栄津の実家《さと》である。仮にも江戸に住んでいて、義理を欠くのは失礼だ。跡取りが生まれたのなら、何はさておき祝儀を持って駆け付けるのが筋だろう。

にもかかわらず避けてきたのは、憐れな姪のことが今も忘れられないからだ。

——ねえしゃま、大好きっ。

実の母が冷たい分、史穂は栄津になついていた。栄津もまた不憫《ふびん》な姪をかわいがっていたけれど、嫁入りしてからは夫とその両親、さらには我が子のことで手一杯。実家で暮らす姪のことまで気にかけている余裕がなかった。

それでも史穂が麻疹にかかったとき、治助は深川の組屋敷まで栄津を迎えに来た。

——紀世さまはうつるのを怖がって、ろくに看病をなさらねぇ。史穂さまが死んでもいいと思っているに決まってらぁ。

たとえ不義の子であったとしても、それは史穂の罪ではない。ずっと憤ってきたくせに、栄津でさえ最後は史穂を見捨てた。麻疹の姪に近づいて、我が子にうつしてしまうことが心底恐ろしかったのである。

——史穂さまは命の瀬戸際でじょうさまを待っていなさる。死にかけている子を憐れと思って、じょうさま、いや御新造さまを貸してやっておくんなせぇ。

あれから五年も経つというのに、國木田家の玄関で姑に頭を下げた治助の姿が忘れられない。栄津は幼い姪ばかりか、長年自分を支えてくれた下男も裏切ってしまったのだ。

治助は今頃、品川にいる娘の元で楽隠居をしているだろう。いや、そうであって欲しいと思う。

麻疹は恐ろしい病だが、必ず死ぬとは限らない。紀世がちゃんと我が子の看病をしていれば、史穂は生き長らえたはずだ。

我が子を見殺しにした人に金の無心などしたくない。ともすれば引き返そうとする足に力を込めて、何とかその場に踏み止《とど》まる。

それにしても、あの兄がいい意味で御目付の目に留まるとは思わなかった。

旗本御家人の大半は親子代々同じ役目を引き継ぐ。今の南町奉行、矢部《やべ》定謙《さだのり》さまは三百俵取りの家に生まれながら出世の階段を駆け上がったが、それは低い身分を補って余りある才覚と力量があるからだ。

鳥居さまは兄上のどこがお気に召したのかしら。

同じ血を引いていればこそ、見る目が厳しくなるのだろうか。腑《ふ》に落ちないものを感じながらも「ごめんください」と声をかければ、見たことのない中年女が足音を響かせて現れた。

「どちらさまでしょう」

それはこっちの台詞《せりふ》だと思いつつ、栄津は努めて笑顔を作る。

「私は長沼史郎の妹で、十五番組國木田義三に嫁いだ栄津です。兄上はいらっしゃいますか」

「旦那さまに妹がいるとは聞いていねぇが……ちっと待っていてくだせぇ」

どうやら、近在の百姓女を下女として雇ったらしい。無礼千万な扱いにむっとしていると、小さな男の子の手を引いた紀世が姿を現した。

「栄津さんじゃありませんか。ずいぶん久しぶりだこと」

「……御無沙汰をしております」

この御時勢のせいだろう。同い年の兄嫁は地味な恰好をしていたが、栄津よりははるかに若く見えた。畑仕事をしない肌は今もしみひとつ見当たらず、高価な紅が唇をこれ見よがしに彩っている。

――史穂の顔、口が裂けちゃった。ねえしゃま、どうしよう。

留守の多い母を慕い、史穂が紀世の紅を使っていたずらをしたことがある。その後、栄津に諭されて自ら母に謝ったが、紀世は叱りもほめもせず、不快そうに顔をしかめただけだった。

この人は紅をさすたび、死んだ我が子を思い出したりしないのだろう。

「年始の挨拶にも来ない人がいきなり何の用です」

まさか玄関に立たされたまま、用向きを聞かれるとは思わなかった。栄津は一瞬言葉に詰まり、「兄上は」と聞き返す。

「あいにく出かけておられます。旦那さまは非番であってもお忙しいのです」

どこか得意げに言ってから、紀世は隣にいる我が子を見る。

「そういえば、栄津さんはこの子に会うのは初めてでしょう。亥之助《いのすけ》、おまえの叔母です。ご挨拶なさい」

「長沼亥之助でごじゃいます」

今年三歳の兄の子は目と目の間が離れていて、人形のようにかわいかった史穂とはまるで似ていない。やはり父親が違うからかと、栄津はこわばった笑みを浮かべた。

「ご立派な挨拶ですこと。亥之助殿は三つでしたね」

「はい」

「江戸に住んでいながら、おまえが三つになるまで一度も顔を見に来ないなんて。ずいぶん薄情な叔母上だこと」

あらかじめ覚悟はしていたけれど、子供の前で嫌みを言われて栄津の眉間が狭くなる。

私が薄情だと言うのなら、我が子を見殺しにしたあなたは何なの――とっさに頭に浮かんだ言葉を相手にぶつけそうになる。いくら不義理をしていても、実家に上がることさえできないなんて思わなかった。

やはり来るのではなかったと後悔したとき、紀世が「お上がりなさい」とようやく言った。

「五年ぶりに栄津さんが来たのですもの。義父上と義母上に線香の一本も上げてもらわないと。とよ、亥之助をお願いね」

下女は心得顔でうなずいた。

「へぇ。坊ちゃま、表でとよと遊びましょう」

亥之助は不満そうに口を尖らせたものの、黙って下女についていく。栄津は自分の生まれた家にようやく上がることができた。

「今日はどういう風の吹き回しかしら。まぁ、何となくわかるけれど」

仏壇に手を合わせた後、紀世はお茶も出さずに切り出した。

「鳥居さまの御屋敷に出入りをしていることが知られてから、急に高価な手土産を持ったお客が来るようになったのよ。以前は、同じ組内の方々ですらあからさまに避けていたというのに」

長沼家に頼りになるような親戚はなく、当主の兄は気位ばかり高くて付き合いづらい。妻にもとかくの噂があるとなれば、進んで交誼《こうぎ》を持ちたがる者はいない。

しかし、御目付の目に留まったとなれば事情は変わる。紀世は「ですから」と意地の悪い猫のように目を細めた。

「私は寄りつかない栄津さんを立派なものだと思っていたのです。旦那さまの妹はさすがに恥を知っているって」

嫁に行く前、栄津は紀世に対して遠慮なくものを言っている。どうやら、そのときのことを根に持っているようだ。

こんなふうに言われたら、「金を貸して欲しい」なんて口が裂けても切り出せない。膝の上に置いた手がいつの間にか汗ばんでいた。

「ぜひにと望まれて、國木田家に嫁いだ栄津さんだもの。今さら実家を当てにしたりしないわよね。私だって向井の家を頼ってなんかいないわよ」

それはここ数年の話で、前はさんざん頼っただろう。栄津は鼻から息を吸い、唾《つば》と反論をまとめて呑み込む。

「栄津さんは知らないでしょうけれど、旦那さまと鳥居さまの間を取り持ったのは私なの。ただ座っているだけでは、運なんて巡ってこないのですから」

紀世は鳥居が御徒頭になったとき、御徒組頭の父親に頼んで引き合わせてもらったらしい。その後も口実を作っては鳥居の屋敷に通い、奥方に気に入られたのだとか。

「夫の出世の後押しも妻の務め、栄津さんもさぞ手助けをされているんでしょうね」

「いえ、私は……」

「まあ、國木田家に強く望まれて身ひとつで嫁いだ人だもの。不出来な私と違い、さぞや立派に嫁の務めを果たしていると思っていたわ」

わざとらしく目を見開き、当てこすりを口にする。その勝ち誇った表情を正面から目にした瞬間、栄津の辛抱が焼き切れた。

「私は夫を信じればこそ、あえて差し出がましい真似は慎んでいるのです。義姉上もあまり調子に乗らないほうがいいのではないですか。世間でも『女賢《さか》しうて牛売り損なう』と申しますよ」

「何ですって」

「嫁の務めは夫が後顧の憂いなく働けるよう家を守り、親に仕え、子を育てることです。鳥居さまの御屋敷に出かけるより、家の中でやるべきことがあると思います」

紀世は顔を真っ赤に染めて、怒りもあらわにこっちを睨む。頼みがあって来たはずの栄津が言い返すとは思っていなかったようだ。

どうして私は紀世さんだと余計なことを言うのかしら。どれほど相性が悪くても、兄の妻である限りこの人との縁は切れない。もっと後先を考えて、ものを言うべきだとわかっているのに。

栄津はすぐに後悔したが、今さら謝っても遅い。紀世は真っ赤な唇を皮肉っぽく歪めた。

「確かに子を育てることは嫁の務めだけれど、栄津さんは跡継ぎを産むという一番大事な務めを果たしていないじゃないの。それを棚に上げて、よくもえらそうな口を叩けたものね」

私はちゃんと長沼家の跡継ぎを産んだわよ――声なき声が聞こえた気がして、栄津の頭に血が昇る。

そっちこそ我が子を死なせたくせに、えらそうな口を利かないで。

言い返したくなったけれど、膝を摑んでやり過ごす。たちまち相手は勢いづいて、勝ち誇った様子で胸を張った。

「ここだけの話だけれど、近いうちに鳥居さまはさらなる要職にお就きになるわ。旦那さまもいずれ御徒目付にご出世なさるはずよ。長沼家の先祖も私が嫁いできたことを喜んでいるに違いないわ」

「…………」

「國木田さまはどうかしら。元服してすぐ父上の跡を継がれたんでしょう。他人より長く務めた挙句、泣かず飛ばずで終わるなんて本当に気の毒ね」

「…………」

「何の用で来たのか知らないけれど、栄津さんもまず嫁の務めを果たしてから出歩くべきじゃないかしら。口うるさいと評判のお姑さまがそれこそ首を長くして、跡継ぎができるのを待っているんでしょう」

「…………」

「ひょっとして、旦那さまから手を出してもらえないの？　いくら奢侈禁止の世の中でも、せめて紅くらいはつけなさいよ。旦那さまの気を惹《ひ》くことも嫁の大事な務めだし、あなたは元が元なんだから」

うそぶく赤い唇を力任せにふさぎたくなる。栄津はそれを避けるため、両手を固く握り締めた。

「そういう義姉上こそ、今度はきちんと子育てをなすってください」

「どういう意味よ」

「弟まで命を落としたら、あの世の史穂が浮かばれません」

「あ、あの子は麻疹で死んだのよっ。私のせいみたいに言わないで」

紀世が歯を剝き出して金切り声を上げる。さすがに史穂に対しては後ろめたい思いがあるようだ。

「亥之助の顔が見られただけで、今日は来た甲斐がありました。兄上によろしくお伝えください」

栄津は相手の返事を待たず、そそくさと下谷の組屋敷を後にした。

三

深川に戻る道のりは行きよりさらに足が重かった。

他に金を融通してくれそうな相手はいないかとずっと考え続けたけれど、そもそもそんな当てがあれば実家を頼ったりしていない。夕刻、家に戻った栄津は「申し訳ありません」と忠兵衛に頭を下げた。

「私は義姉と折り合いが悪くて……貸して欲しいと頼むことさえできませんでした」

震える声で不首尾を告げれば、忠兵衛の顔が一瞬曇る。しかし、栄津を責めることなく「そうか」とうなずいただけだった。

「つらい思いをさせちまったな。金のことは俺が何とかしよう」

「当てがあるのでございますか」

「ああ、おまえは気にするな。義三にも余計なことは言うんじゃねぇぞ」

舅はそう言ったけれど、恐らく当てなどないだろう。やさしく許されたせいで、栄津はますます落ち込んだ。

成らぬ堪忍《かんにん》、するが堪忍——どれほど嫌みを言われようと聞き流せばよかったのだ。今の長沼家は離れを普請し、下女まで雇う金がある。「義姉上のおっしゃる通りでございます。すべて私が悪うございました」と頭を下げ続けていれば、意地悪な兄嫁だって金を貸してくれたかもしれないのに。

余計なことは言うなと言われたけれど、とても黙っていられない。栄津はその晩、娘を寝かしつけた後で夫の前に手をついた。

「私がいたらないばかりに嫁としての務めを果たすことができず……旦那さまには面目を失わせることになってしまい、申し訳ありません」

――夫の出世の後押しも妻の務め、栄津さんもさぞ手助けをされているんでしょうね。

――國木田家に強く望まれて身ひとつで嫁いだ人だもの。不出来な私と違い、さぞや立派に嫁の務めを果たしていると思っていたわ。

容姿では紀世にかなわなくても、自分のほうがよき妻、よき母であると、栄津は頭から信じていた。

だが、傍《はた》から見ればどうだろう。紀世は不義の娘を死なせたものの、その後は長沼家の跡継ぎを産み、夫の出世の手助けもしている。二両の金さえ工面できない自分よりはるかに立派な妻ではないか。

私がもっと器量よしなら、もっと役に立てたのかしら――そう思う自分が情けなくて、栄津は色のない唇を噛み締める。

「別におまえのせいではない。気にするな」

うつむいたまま身動《みじろ》ぎさえできずにいたら、めずらしく夫に抱き締められる。いつになく思い詰めていることが鈍い相手にも伝わったらしい。

「私はおまえが妻でよかったと思っているぞ。よろず口うるさい母上と遊び好きの父上、おまけに夫はまるで頼りにならない。おまえ以外の女なら、とっくの昔に逃げ帰っているはずだ」

普段は「ああ」とか「いや」としか言わないのに、こういうときだけやさしいなんて。いつになく饒舌《じょうぜつ》な夫に目の奥が熱くなる。

考えてみれば、一緒になって初めて「おまえが妻でよかった」と言ってもらった。こんなことがなかったら、一生言われなかったろう。

だから、栄津も精一杯の思いを口にした。

「私も……旦那さまにもらっていただき、幸せでございます」

かすれた声で返事をすれば、目から涙がこぼれ落ちる。そのまま覆いかぶさられ、栄津は久しぶりに夫と床を共にした。

義父上はその後、お金の工面ができたのかしら。

十一月十五日の四ツ過ぎ、栄津は明るい縁側で姑と裁縫に励んでいた。

長沼家を訪ねてからすでに十日が経っている。迷惑をかけた詫びをするなら、いつまでも先送りはできないだろう。

ところが、忠兵衛は「気にするな」と言うばかりだし、姑には怖くて聞けない。また、夫に改めて首尾を聞くのも気が引ける。

ひとり悶々としていたら、針で指を刺してしまった。痛みに顔をしかめたら、あばた面《づら》の姑に睨まれた。

「よそごとを考えながら針を動かしているからです。大事な着物に血などつけないよう気を付けなさい」

「はい、申し訳ありません」

「それでなくても冬の日は短い。もたもたしている暇はありませんよ」

「はい」

幼い子のいる家は裁縫をする時と場所に気を遣う。知らぬ間に針や鋏《はさみ》で怪我をさせたら、取り返しがつかないからだ。

また目の疲れる針仕事は明るいほうがやりやすいため、春を表で遊ばせながら昼の間にまとめてしていた。

――幼子は物の善悪を道理立てて判断することができぬ。怪我をしてから小言を言っても間に合いませぬ。

何かと口うるさい姑だが、言っていることはもっともである。とはいえ、春も六つになったし、そろそろ言い聞かせればわかるだろう。栄津はそう思っているが、姑によると「まだ早い」らしい。

ひそかにため息を吞み込むと、千代の目つきが鋭くなった。

「いったい、何があったのです」

「えっ」

「今月に入ってから、どうもそなたの様子がおかしい。旦那さまも何やら落ち着かぬし、二人でよからぬことでも企《たくら》んでおるのか」

「とんでもない。そのようなことはございません」

「ならば、何を思い悩んでおる。後ろめたいところがないのなら、包み隠さずはっきりおっしゃい」

裁縫の手を止めて千代が命じる。栄津は思わず目を伏せた。

姑は嫁が実家と不仲であることを知っている。忠兵衛に頼まれたことを口にすれば、ますます不機嫌になるだろう。

どうやってごまかそうかと思ったとき、うまい具合に玄関先で「ごめんください」と声がした。

「母上、私が見て参ります」

縫いかけの着物に針を刺し、これ幸いと立ち上がる。急いで玄関に行ったところ、いかにも玄人《くろうと》風の女が立っていた。顔立ちはごく平凡ながら、艶《あで》やかに唇を彩る紅が栄津の胸を波立たせる。

「こちらは御徒十五番組、國木田義三さまのお住まいでしょうか」

「はい」

「あたしはりんと申しまして、小料理屋の女将をしております。義三さまの御新造さまに折り入ってお話があって参りました」

小料理屋の女将が名指しで訪ねてくるなんて……栄津は一瞬とまどい、すぐに相手の素性を察した。

きっと義三はこの女の店で同輩をもてなし、金が足りなくなったのだろう。そして「残りの払いは待ってくれ」と頭を下げたに違いない。

女将は見た目のいい義三に頼まれて一度は承知をしたものの、踏み倒されてはかなわないと思い直したのだ。でなければ、見たこともない小料理屋の女将が自分を訪ねてくるものか。栄津はとっさに手をついた。

「このたびはご迷惑をおかけして申し訳ございません。少々お待ちくださいませ」

言うなり座敷にとって返し、姑に向かって頭を下げる。

「義母上、申し訳ございません。しばらく春と一緒に出かけていただけませんか」

「なぜです」

「ただ今、私の知り合いが訪ねてきたのですが……いささか込み入った話のようで、春に聞かせたくないのです」

本当は春より姑に聞かせたくないのだが、嘘も方便というものだ。お願いしますと続ければ、姑は露骨に眉を寄せる。

「子供には聞かせられない込み入った話だなんて。いったいどういう知り合いです」

「詳しいことは後ほどお話しいたします。どうか春と一緒にしばらく離れていてくださいませ」

苦し紛れに急《せ》きたてれば、千代が渋々春を連れて裏木戸から外に出る。栄津は縫いかけの着物を隅に寄せ、急いで玄関に戻った。

「お待たせをしてすみません。どうぞお上がりくださいませ」

そして座敷に通してから、額を畳に擦り付けた。

「いかほどかは存じませんが、お金は必ずお返しします。どうかもうしばらくお待ちくださいませ」

先手必勝とばかりに栄津はひと息に言う。

ところが、相手は文句どころか何ひとつ言葉を発しない。恐る恐る顔を上げれば、女将はなぜか苦笑していた。

「御新造さま、あたしは借金の取り立てに来たわけではございません。どうぞ安心してくださいまし」

「え、あ、そう、なんですか」

こちらの早とちりとわかったとたん、恥ずかしさのあまり身体がほてる。今、鏡で自分の顔を見たら真っ赤になっているだろう。じっとしていることができなくて、「お茶を淹れます」と立ち上がる。

借金の取り立てでないのなら、この人はどうして訪ねてきたのか。栄津は小料理屋なんて行ったことはないし、女将の顔にも見覚えはない。釈然としない思いのまま、火鉢にかけてあった鉄瓶のお湯で茶を淹れる。

「どうぞ」

「ありがとうございます」

相手は礼を言ってから、なぜかうれしそうに栄津を見た。

「そういえば、じょうさまはそそっかしいところがあると父が申しておりました。

お元気そうで何よりです」

その言葉と表情で、栄津はようやく気が付いた。

「ひょっとして、あなたは治助の」

「はい、長沼家にお仕えしていた下男の治助はあたしの父でございます」

穏やかにうなずかれ、栄津は思わず息を呑む。そして、ぶしつけとは思いながらも穴が開くほど見つめてしまった。

自分の記憶違いでなければ、治助の娘は今年四十一のはずだ。着物は無論木綿だが、厚手の新しいものを着ている。櫛や簪も洒落《しゃれ》ていて、この御時勢でなかったらもっと高価なものを身に付けていただろう。

「あの、治助は達者でしょうか」

長沼家を去って五年、生きていれば六十七になる。

今まで何の音沙汰もなかったのに、本人ではなく娘がひとりで自分を訪ねてくるなんて――嫌な予感が頭をよぎり、にわかに栄津の胸が騒ぐ。

りんは小さくかぶりを振った。

「先月、息を引き取りました。今日はそのことをお知らせしたくてうかがったのでございます」

「そう、ですか」

わざわざ報《しら》せてくださってありがとうございます。治助には本当に世話になりました。心からお悔やみを申し上げます……そう続けるつもりだったのに、喉《のど》に引っかかって出てこない。

代わりに喉の奥から込み上げたのは、苦い後悔の念だった。

どうして治助が生きている間に品川を訪ねなかったのか。「娘の店を知らない」なんて言い訳にもならない。本気で探す気があれば十分見つけ出せたはずだ。

五年前、最後に見た治助の恨めしそうな顔がまぶたに浮かぶ。

亡くなった史穂には謝れないが、いつか治助には謝りたいと思っていた。けれど、「何しに来た」と言われるのが怖くて、後回しにしてしまった。

りんがわざわざ訪ねてきたのは、亡き父に代わって恨みを言うためだろう。が、何を言われても仕方がないと、栄津は覚悟を決めた。

「申し訳ありません」

「御新造さま、どうなすったんです」

「私は……治助はもちろん、あなたにも申し訳ないことをいたしました」

女房に逃げられた治助は博奕にはまり、借金の形《かた》に娘を売った。その後、後悔の念から身投げをしようとしたところを栄津の父に助けられ、不幸にした娘の分まで栄津をかわいがってくれたのだ。

　父が死んでから、血のつながらない治助だけが頼みの綱だった。一緒に庭の畑を耕し、娘からもらった金を使って質入れされた櫛を取り戻してくれたこともある。栄津が嫁に行くときだって、「後は任せろ」と言ってくれた。それなのに、自分は治助の頼みを冷たく断ったのである。

　ひとり史穂の看病をしながら、治助は薄情なじょうさまをさぞ恨めしく思っただろう。史穂の死後、黙って長沼家を去ったのが何よりの証《あかし》だ。

「この國木田の家に嫁ぐことができたのも、すべては治助の、いぇ、あなたの父上のおかげです。その恩人に恩返しもしないどころか、亡くなったことも知らなかったなんて……謝ってすむことではありませんが、どうか堪忍してくださいまし」

　今さら遅いとわかっていても、詫びの言葉が口をつく。下げた頭を上げられずにいたら、ひどくやさしい声がした。

「御新造さまが謝るようなことは何ひとつございませんよ。父のほうこそ『じょうさまにすまねぇことをした』と言い続けておりました」

「まさか」

予想外の言葉に顔を上げれば、りんは目を細めて首をかしげる。

「あたしが女郎上がりだってことはご存じですよね」

「……ええ、治助の借金を返すためだったとか」

ためらいがちに答えると、相手はあっさりうなずいた。

「そういう負い目があるせいか、あたしのところに来た父はいつも肩身が狭そうでした。じっとしているのは性に合わないと、頼んでもいないのに下足番を始めて。今年になって寝付くまで、忙しく働いておりましたよ」

「そうだったんですか」

「父は寝込んでから、よくじょうさまの話をしておりました。いよいよ危なくなってからは繰り返し後悔を口にして」

――じょうさまだってさぞかしつらかったに違いねぇ。それなのに、俺は史穂さまのことばっかりになっちまって……俺が味方をしてやらなきゃ、じょうさまの味方は誰もいないっていうのによ。

最期まで悔やんでいたと言われ、栄津の目から涙がこぼれる。とっさに右手で口を覆うと、今度はりんが頭を下げる。

「今日は父に代わってお詫びをするつもりで来たんです。御新造さまに謝られたら、あたしの立場がありません」

「いえ、私はりん殿にも謝らなければならないんです。治助は私のせいで長沼家を離れることができなかったんですから」

治助から「品川で小料理屋をやっている娘から一緒に暮らそうと言われている」と打ち明けられたのは、栄津が十七のときである。その六年後に史穂が亡くなるまで、治助は長沼家で奉公を続けた。

「私さえいなければ、りん殿と治助はもっと早く一緒に暮らせました。私が親子の仲を邪魔してしまったんです」

「……御新造さまの父上は、きっとおやさしい方だったんでしょうね」

いきなり話が治助から父に替わってしまい、栄津は一瞬面食らう。しかし、相手は構わず続けた。

「あたしのおとっつぁんは、ちっともやさしくなんかなかった。外面《そとづら》ばっかりよくて、うちではにこりともしませんでしたよ」

穏やかな表情を崩さないまま、りんは意外な言葉を口にする。小料理屋の女将になってから治助の行方を捜したのも、父恋しさではなかったと。

「本音を言えば、いっそ死んでいて欲しい。そう思っていたんです。そうすりゃ、あたしは枕を高くして眠れますから」

「そんなっ」

咎めるような声を上げかけ、栄津は続きを呑み込んだ。

りんは治助のせいで、女として死ぬほどの苦しみを味わっている。父親の犠牲になるのは金輪際御免だと思ったとしても無理はない。

こちらの気持ちを察したのか、りんはかすかに苦笑した。

「生きているとわかったときはどうしようかと思いました。でも、こっちの知らないところでまたぞろ悪さをされたんじゃかなわない。そばで見張っていたほうが安心だと思っただけなんです」

それに、十五年ぶりに会った父親はひどく年を取っていた。

頭には白いものが交じり、着物だってくたびれている。「一緒に暮らそう」と申し出れば、二つ返事で飛びつくだろう——ひと目見るなりそう思ったが、「じょうさまのそばを離れるわけにはいかねぇ」とその場で断られたそうだ。

「実の娘を女郎に売っておきながら、何を今さら善人ぶってと腹が立ちましたよ。でも、おまえを不幸にしちまった分、じょうさまには幸せになって欲しいと言われて……二度と馬鹿な真似はしないだろうと信じることができました」

治助が芯《しん》からろくでなしなら、自分のことだけ考える。年老いた身でタダ働き同然の奉公を続けようとはしないはずだ。

「正直言って妬《や》けましたけどね。そのとき初めて、父が生きていてよかったと思うことができました」

「りん殿」

「御新造さまの父上が命を救ってくれなかったら……幼い御新造さまが父に懐《なつ》き、父が改心しなかったら……あたしは父をろくでなしだと死ぬまで思っていたでしょう。御新造さまはあたしたち父子の恩人です」

ここで「そうですか」と納得できるのは、よほどずうずうしい人だ。「とんでもない」と首を振れば、「不思議ですね」とりんが笑う。

「御新造さまが父のために泣くのを見て、あたしの知っている父の姿を言わずにいられなくなりました。あの人は外面ばっかりで、ひどい父親だったって。御新造さまの知る父はそんなにいい人だったんですか」

「はい、誰が何と言おうと治助は私の恩人です」

しっかり目を見て断言すれば、りんは懐から懐紙に包んだものを差し出した。

「父をほめていただいた心ばかりの御礼です。失礼とは存じますが、どうか受け取ってやってください」

「と、とんでもない。私のほうこそ香典を差し上げなければ」

栄津は目を見開いて懐紙の包みを返そうとする。

しかし、相手は引かなかった。

「大事なじょうさまから香典をもらったら、あたしが父に叱られます。それとも、女郎上がりの女の金は受け取れないとおっしゃいますか」

「そういうことじゃありませんっ」

「ならば、受け取ってくださいまし。もしもここに父がいれば、きっと同じことをしたと思います」

強い調子で続けられ、栄津はりんを借金取りと間違えたことを思い出す。相手の心遣いが身に沁みて、再び涙がにじみ出した。

――女は見た目より心ばえのいいのが一番でござんす。それに、じょうさまの顔は縁起がよくて、わっしは好きですがね。

きっと、治助は草葉の陰から紀世に追い返される自分の姿を眺めていたに違いない。こっちを見つめるりんの目はどこか治助を思い出させ、弧を描く紅の色合いは紀世のものとは違って見えた。

「どうか、近いうちに治助の墓参りをさせてください。りん殿と親しくなったことを報告しなければ」

「ぜひ、お願いいたします。父もじょうさまに会いたがっているでしょう」

血のつながった兄と疎遠になっても、新たに生まれるつながりがある。

栄津は逝ってしまった恩人に胸の中で手を合わせた。

四

りんが去ったのと入れ違いに、千代がひとりで組屋敷に帰ってきた。春は知り合いに預かってもらったという。

「先ほどの客は誰です。どのような用件だったのですか」

どうやら一度は出かけたものの、栄津とりんのことが気がかりで居ても立ってもいられなかったようだ。低い声で尋ねられ、正直に事の次第を語る。

「私はてっきり借金取りだとばかり……勘違いで本当にようございました」

りんからもらった包みには小判が三枚も入っていた。これで義三の面目も立つと喜んでいたら、千代のあばた面が険しくなる。

「借金取りとは何のことです。義三が役目をしくじり、同輩に馳走《ちそう》をせねばならなくなったなど、私は聞いておりません」

「そんなはずはありません。義父上は私におっしゃったのです。今度ばかりは義母上もやりくりができなかったと。だから、私は実家にまで足を運んだのですから」

「どうして長沼家に金を借りに行くのです。そなたと兄夫婦が不仲であることは旦那さまもご存じではないか」

言ってからしまったと思ったが、口から出た言葉は取り返しがつかない。より眉間を狭くした姑に「長沼の兄が御目付さまの目に留まったらしい」と伝えたところ、ややあって「なるほど」とうなずかれた。

「どうやら旦那さまの悪い癖が出たと見える」

「悪い癖、でございますか」

「史郎殿の羽振りがいいと知って、おこぼれに与る気になったのでしょう。旦那さまの思いつきそうなことじゃ」

「では、義三さまがお役目をしくじったというのは」

「口から出まかせに決まっておる。倅がお役目に就いて二十年、今さらしくじりなどするものか」

したり顔で断言されたが、にわかには信じられなかった。金が工面できなかったことを詫びたとき、夫は「気にするな」と言ってくれた。

「もし義父上が嘘をついていたなら、あの場で露見していたはず。私は義父上を信じております」

「ならば、旦那さまに聞いてみなされ」

そして、栄津の前で千代が忠兵衛を問い詰めたところ、姑の見込み通りであることを白状した。

「いや、知り合いに見事な銀煙管を持っている町人がおってな。町方に見つかると面倒だから銀座に差し出すと言いやがる。精緻《せいち》な細工の銀煙管が銀の延べ板にされた挙句、最後は二朱銀になっちまうんだぜ。あまりにもったいねぇだろう」

「で、旦那さまが二両で引き取ると申されたのですか」

呆れ果てたと言いたげに千代が引き取る。忠兵衛は開き直ったらしく、胸を張ってうなずいた。

「俺は武士の端くれだから、銀煙管を持っていても咎められねぇ。近頃、栄津の兄上は羽振りがいいと聞いていたし、妹が困っていると知れば邪険にすめぇと踏んだんだが。まったく人の道に外れた夫婦だぜ」

「ご自分が人の道に外れた真似をなさっておいて、よくもまぁそのようなことがおっしゃれますこと」

忠兵衛がお城勤めを嫌い、元服したばかりの我が子に役目を押し付けたことを言っているのだろう。千代の嫌みに義父は一瞬詰まったものの、ふくれっ面でそっぽを向いた。

「ふん、俺は見事な細工を惜しんだだけだ」

「だからといって、嘘をつくのは」

「では銀煙管が欲しいと言ったら、おまえは金を都合したか」

「そのような金、我が家にはございません」

「それ見ろ。だから、俺は仕方なく」

「嘘は仕方なくつくものではありません。身勝手でつくものです」

「おめぇがそういう性分だから、俺は嘘をつくことになるんだよ」

仏頂面の舅と呆れ顔の姑の間でぽんぽんと言葉が飛び交う。そのやり取りを見ているうちに、栄津はつい笑ってしまった。

「事情はよくわかりました。もう結構でございます」

どうやら栄津がいることを舅は忘れていたらしい。一瞬、ばつの悪そうな顔をしてから、上目遣いに嫁を見た。

「それで、その金なんだが」

「いけません」

間髪容《い》れず千代が遮る。その呼吸の見事さに感心しつつ、栄津は舅に「申し訳ありません」と頭を下げた。

「りん殿からいただいたお金は、本当に義三さまがしくじったときのために取っておこうと思います」

「ふん、あのみみっちい義三がしくじりなんかするもんかよ」

忠兵衛は面白くなさそうに吐き捨てたが、さすがにそれ以上は言わなかった。

その晩、春を寝かしつけてから栄津は夫に今日あったことをすべて話した。

「旦那さまは義父上の嘘をご存じだったのですか」

「いや、今初めて聞いた」

「では十日前、どうして私に『気にするな』とおっしゃったのです。突然妻に謝られたら、理由《わけ》を聞くはずでしょう」

聞きながらその晩のことを思い出し、栄津は急に恥ずかしくなる。布団に目を落として答えを待てば、茫洋《ぼうよう》とした声がした。

「俺はおまえが別のことで謝っているのだと思った」

「とおっしゃいますと」

「妻としての務めを果たせずに申し訳ないと言うから……てっきり、男子ができないことで母上に何か言われたんだろうと思ったんだが」

違ったのだなと続けられ、栄津は慌てて顔を上げる。

ならば夫は勘違いして、あの晩、自分を抱いたのか。何とも間抜けな結末に気が抜けたとき、義三が重い口を開いた。

「おまえは、この世に生まれてよかったと思うか」

突然の問いにとまどい、栄津は首をかしげる。

「そのようなことは考えたこともございません。旦那さまは生まれてきてよかったと思わないのですか」

深く考えずに問い返したら、義三はしかめっ面でうなずいた。

「俺は父上のせいでさんざん苦労をさせられた。できることなら、我が子にこんな思いをさせたくない」

「ならば、春はどうなるのです。生まれるべきではなかったとおっしゃるのですか」

「あの子をかわいいと思えばこそ、もう子はいらぬと思ったのだ」

妻を娶って跡継ぎを作る——義三はそのことに何の疑問も感じていなかった。だが、最初に女の子が生まれ、「春に婿を取って、跡継ぎにすればいい」という父の言葉になるほどと思ったそうだ。

栄津がろくな花嫁道具も持たずに嫁いだように、春も身ひとつで嫁いだら肩身の狭い思いをする。だったら、もう子供はいらないと。

「大身旗本の家ならともかく、七十俵五人扶持の御徒の跡取りに生まれたところでいいことなどひとつもない。おまえもそう思わぬか」

苦々しげに呟かれ、夫の真意をようやく悟る。我が子を大事に思えばこそ、夫は食い扶持が増えることを嫌ったのか。

栄津もかつては似たようなことを考えたので、夫の気持ちはよくわかる。けれど、今は同意できなかった。

「さっきは考えたことがないと申しましたが……私は生まれてよかったと思っております。いえ、生まれてきてよかったと思えるように生きたいと思っております」

どれほど苦労をしようとも、生きていればいいこともある。

治助の娘のりんだって一度は女郎に身を落としたが、今は小料理屋の女将として人並み以上の暮らしをしている。もし女郎のまま命を落としていたら、治助は生涯己を責め苛《さいな》んだことだろう。また娘を売った治助が死のうとしなければ、通りかかった栄津の父に助けられることもなかったのだ。

治助がそばにいなかったら、自分はどうなっていただろうか。りんには申し訳ないが、考えただけでぞっとする。

たぶん人の一生は幸不幸がもつれ合ってできている。自分は不幸だと決めつけたら、そのとき真実不幸になる。

六歳で逝った史穂ですら、恐らくその生涯は苦しみだけではなかったはずだ。あの子の楽しげに笑った顔を栄津は覚えているのだから。

「それに生まれてこなければ、旦那さまと一緒になって春を授かることもできませんでした」

「それは、そうだが」

「旦那さまも、私が妻でよかったとおっしゃってくださったではありませんか」

「…………」

「いつか生まれてよかったと、旦那さまにも思っていただきとうございます」

「ああ」

気が付けば、義三はいつもの口調に戻っていた。栄津はがっかりしたけれど、薄暗い有明行灯《ありあけあんどん》に照らされた横顔は今までと少し違う気がした。

その年の暮れ、南町奉行矢部定謙は罷免《ひめん》され、御目付の鳥居耀蔵がその後を任された。

栄津の懐妊がわかったのは、翌年の春のことだった。

第五話　ふところ――三十二歳

一

人はいつか必ず死ぬ。

誰もがそのことを知っているのに、普段はまるで気にしない。そして、己の身近な人が亡くなったときに、改めて思い知る。

弘化《こうか》二年（一八四五）二月五日、江戸の空はいくぶん霞《かすみ》がかっていた。日増しに寒さが和らぐ中、ふとしたはずみで気が緩む。栄津は草むしりの手を止めて庭の梅の木に目をやった。

國木田家に嫁いで十一年、毎年春の訪れをこの木に教えてもらってきた。二月になって花の盛りを過ぎたものの、可憐《かれん》な花が音もなく散ってゆくさまは見ている者を切なくさせる。

侍は散り急ぐ桜を好むけれど、この家の庭に桜はない。姑の千代が嫌ったからだ。

――桜は虫がつきやすく、あっという間に散ってしまって実も残さぬ。見た目がいかに美しくても役に立つとは言えません。

千代にとって肝心なのは「腹の足しになること」だった。梅は「花も香もよく、実まで生《な》る」と気に入っていて、毎年花の咲き具合から実の出来ばえを占って一喜一憂していたものだ。

青い梅の実が大きくなると、摘み取って梅干にする。嫁に来て最初の夏、実家のやり方で漬けようとしたら、たいそうな剣幕で叱られた。

――嫁ならば、この家のやり方を覚えることじゃ。

あれから何度となく國木田家のやり方で漬けたけれど、一度としてほめられた覚えはない。その代わり、姑の顔を一瞥《いちべつ》すれば次にどんな小言を言われるか察しがつくようになった。

これからは文句を言われずに好きなように漬けられる。しかし、「義母上《ははうえ》に私を認めさせる」という長年の望みはとうとうかなわなかった。

遊び好きの舅は家に居つかず、夫は極端に口数が少ない。嫁に来てもっとも長く顔を合わせ、言葉を交わしたのは千代である。

そんな相手に叱責《しっせき》ばかりされていれば、心の休まる暇などない。自分の両親が存命であったなら、実家に逃げ帰っていただろう。栄津にそれができないことを千代はわかっていたのである。

舅の忠兵衛は「おまえならばやる気に欠ける義三を支え、この家を守ってくれる。

千代はそう見込んだのだ」と言ったけれど、本音は家の跡継ぎとタダで働く女手が欲しかっただけだ。姑の顔など見たくないと恨んだことは数えきれない。

ところが、いなくなられてみると、なぜか胸がすうすうする。閉まりきらない戸の隙間《すきま》から風が吹き込んでくるようだ。

祝儀不祝儀の心得から組内での付き合いの機微、子供の病の見分け方に夫や舅の虫の居所まで――自分でわからないことはすべて千代に教えてもらった。その都度「呆れたものじゃ。いい年をしてそんなこともわからぬのか」としつこく嫌みを言われたけれど、千代の教えが間違っていたことはない。

これから困ったことがあったら、誰に尋ねればいいのだろう。栄津が顔をしかめたとき、裏木戸で女の声がした。

うだつのあがらない御徒の家をわざわざ訪ねる者は少ない。慌てて身なりを整えて裏木戸のほうへ回ってみれば、一年ぶりに見る顔が立っていた。

「まあ、りん殿。よくおいでくださいました。どうぞお上がりくださいまし」

品川で小料理屋を営むりんとは四年前からの付き合いである。笑顔で招き入れてから、栄津は姑の死を打ち明けた。

「義母は昨年の師走《しわす》四日に亡くなりました。生前はりん殿にもいろいろご迷惑をおかけして……今さらではございますが、亡き義母に代わってお詫びいたします」

こちらの言葉がよほど意外だったのだろう、相手は目を丸くする。

「あのお姑さまがこんなに早くお亡くなりになるなんて。てっきり百まで生きるとばかり思っておりましたよ」

千代は齢《よわい》五十八で亡くなったので、早過ぎるわけではない。しかし、姑を知る者は決まって同じことを言う。栄津は苦笑いを浮かべることしかできなかった。

「師走の四日ってことは、もう四十九日もすんじまったんですね。年寄りは寒い時期に亡くなることが多いですけど、何のご病気だったんです」

「お医者さまによると、胃の腑《ふ》に腫物《はれもの》ができたとか。亡くなるひと月前には、水のように薄い粥《かゆ》すら喉を通らなくなっておりました」

聞かれ慣れた問いに答えながら、栄津はお茶の支度をする。すると、相手は何かを探すように目をさまよわせる。

「あの、坊ちゃんとじょうさまは」

りんに「じょうさま」と言われると、治助のことを思い出す。自分を「じょうさま」と呼び、かわいがってくれた下男はこの人の父親だった。

「千之助《せんのすけ》は義父《ちち》と出かけ、春は手習いに行っております。どちらも半刻（約一時間）もすれば戻ってまいりましょう」

その答えに安心したのか、りんが持参した重箱を差し出す。蓋《ふた》を取れば、いかにも餡《あん》がたくさん詰まっていそうな皮の薄い饅頭《まんじゅう》が入っていた。

「御改革とやらで奢《おご》った菓子は手に入らなくなりましたけど、これは冴えない見た目のわりに味はなかなかのものなんです。ぜひ御新造さまとお子さまたちに召し上がっていただきたくて」

天保の改革で手の込んだ菓子は禁じられて久しい。もっとも貧乏御徒の國木田家ではそれ以前から縁がないが。

十歳になって人前では行儀のいい春はともかく、まだ四つの千之助は歓声を上げて喜ぶだろう。三十路《みそじ》を超えた栄津だってつい口元が緩んでしまう。女はいくつになっても甘いものに目がないのだ。

「いつもありがとうございます。ではさっそく」

「ええ、一足先にいただきましょう。でもその前に、お姑さまにご挨拶をしませんと。あの女は礼儀を知らぬとまた怒られちまいます」

もっともな申し出に栄津は重箱に蓋をした。

義母が生きていたら、「いい年をしてみっともない」と叱り飛ばされているところだ。ばつの悪さを覚えつつ、客を仏間に案内する。

「申し訳ありません。まだ義母のいないことに慣れなくて」

「ええ、そりゃそうでしょう。亡くなられたとうかがって、あたしも本当に残念ですよ」

しみじみと呟いてりんは位牌に手を合わせる。その様子が形ばかりに見えなくて栄津は少々意外だった。

四年前、りんは治助が亡くなったことを知らせるために國木田家を訪れ、以来、年に一度か二度顔を見せるようになった。しかし、世間体を気にする姑は小料理屋の女将を邪険に扱っていたのである。

――世間は栄津の知り合いではなく、旦那さまに縁のある者と思うはず。さもなくば、たまったツケの取り立てと思われるに違いない。

嫁には遠慮なくそう言い放ち、りんにも不機嫌な態度をあらわにする。

ところが、高価な菓子に魅せられた春たちは「また来てくださいね」と笑顔でねだる。我が子のいないりんは子供らの頼みを断りきれず、姑の目を憚《はばか》りながら時々足を運んでくれた。

己を嫌った年寄りの死を心から悼むことができるなんて。やはり苦労した人は器が大きいのね。

改めて見直す一方で、なぜか気持ちがささくれ立つ。そこで、客間に戻ってから軽い調子で口にした。

「義母はああいう人ですから、どれほど痩《や》せ衰えても口だけは達者でした。『おつらいですか』と声をかければ、『つらくなければ寝ておらぬ』と言い返され、『お医者さまを呼びますか』と尋ねれば、『どうせ死ぬとわかっているのに、金をかけることはない』と叱られて。嫁の私は最後まで振り回されておりましたよ」

面白がるかと思ったのに、りんはなぜか眉根を寄せる。そして、非難がましい目を栄津に向けた。

「それはまた見上げたご病人でござんすこと。うちのおとっつぁんなんか病が篤《あつ》くなってからは泣き言を繰り返していたもんです。さすがにお武家のお姑さまは腹が据わっていらっしゃる」

治助より千代のほうがましだと言われて面白かろうはずがない。

小さな子を育てながら夫や舅の世話をして、その上わがままな姑の看病をすることがどれくらい大変か。りんだって治助の最期を看取ったけれど、店には奉公人がいるはずだ。時には人に任せて休む暇だって作れただろう。

「年寄りの泣き言なんて聞かされるほうはたまったもんじゃない。いっそかわいげのないほうがやりやすいってもんですよ」

「りん殿はお口が悪い」

小声で言い返したものの、ふと実母の姿が頭をよぎった。

嫁入り前に亡くなった母は、娘に「苦労をかけてすまない」と手を合わせる一方で、絶えず泣き言を漏らし続けていたのである。

兄の史郎には紀世という妻がいたけれど、炊事洗濯はもとより夫や我が子の世話もろくにしようとしなかった。小姑の栄津は家事と看病に明け暮れ、夜更けにやつれた母の寝顔を恨みがましく見つめたものだ。

もし母が長生きしていたら、自分はどうなっていただろう。束の間のもの思いはりんの声で破られた。

「お姑さまがあたしのことを嫌ったのはお家のためでござんしょう。二度と来るなと追い払うこともできたのに、渋い顔をなすっても見逃してくだすった。あたしはありがたく思っていたんですよ」

りんの母親は、亭主と娘を捨てて男と逃げたと聞いている。だらしない母を持てばこそ、千代が立派に見えたのか。

だが、千代に仕えた嫁とすれば、うなずくことなどできはしない。買い被《かぶ》りが過ぎると思っていたら、相手が咳払《せきばら》いする。

「先月の火事で亡くなった知り合いが田町《たまち》におりましてね。今日はそちらの御新造さんにお悔やみを言いに行った帰りなんです」

「まあ、そうだったんですか」

「どうにも気持ちが晴れなくて、坊ちゃんとじょうさまのかわいいお顔を見てから品川に帰ろうと思ったんですけど……まさか、こちらのお姑さまもお亡くなりになっていたとはね」

気丈なりんがそんなことを言うなんて、よほど親しくしていたのだろう。問わず語りの呟きはひどく弱々しいものだった。

今年の正月二十四日、青山《あおやま》の武家地から出た火は麻布広尾《あざぶひろお》から高輪《たかなわ》田町の辺りまで激しく燃え広がった。焼け死んだ者はもちろん、火を逃れようとして冷たい海に入り、溺れ死んだ者も多数出たと聞いている。

昨年の五月に江戸城本丸が炎上したため、師走の二日に「天保」から「弘化」と改められた。にもかかわらず、初っ端《しょぱな》から火事を呼び込まれては改元した意味がない。今の御公儀のなさることはすべて裏目に出てしまう。

「旦那を亡くした御新造さんは、初七日を過ぎたのにそりゃもうたいそうな嘆きようで、とても見ちゃいられませんでした」

「本当にお気の毒でございます」

何の心構えもなく、突然夫を失った妻の悲しみはいかばかりか。この先どうすればいいのかと途方に暮れているのだろう。見ず知らずの相手を思いやれば、りんは忌々しげに鼻を鳴らす。

「見ちゃいられないと言ったのは、かわいそうだからじゃありません。いい年をしてみっともないと呆れたんですのさ」

「夫に死なれた妻が嘆き悲しむのは当たり前のこと。りん殿は夫を持たぬから、そのように冷たいことをおっしゃるのです」

「ええ、女郎上がりのあたしは亭主どころか、身請けしてくれた旦那の葬式にだって出られやしない。初七日も過ぎてから何食わぬ顔でお悔やみに行くのが精一杯、人目も憚らず泣くなんてとうていできない身の上ですよ」

怒ったように言い返され、栄津はしまったと口を押さえる。火事で亡くなった知り合いはりんの旦那だったのか。

年からいって男女の仲は終わっていようが、泥沼から拾ってもらった感謝の念は強いだろう。その恩人の葬式にも出られず、故人との仲も口にできない。泣き崩れるだけの御新造に苛立つのも無理はない。

「跡継ぎの若旦那は二十歳《はたち》になったばかり。ここで御新造さんが踏ん張らないと、旦那も成仏できやしません」

口では「子供たちの顔を見に来た」と言いながら、本音は愚痴をこぼしたくて深川に足を向けたのか。

相手の生い立ちと今までの付き合いを考えれば、ここは黙ってうなずくべきだ。頭ではそうわかっているのに、栄津の口から出てきた言葉は違った。

「ですが、誰もがりん殿のように強いわけではありませんから」

時々顔を合わせる恩人を亡くすのと、長年連れ添った夫を亡くすのは意味合いが異なる。しっかりしろと言われても、すぐに前は向けないだろう。

ところが、りんは「本当に何もわかっちゃいない」と悲しそうな顔をする。

「生まれつき強い女なんていやしません。弱いままじゃ生きられないから必死で強くなるんですよ。こちらのお姑さまが生きていたら、うなずいてくれたと思います」

栄津が返事に詰まったとき、玄関から「おい、帰ったぞ」と舅の大きな声がした。

二

子供に分不相応なものを食べさせると後のたたりが恐ろしい。

重箱入りの饅頭を食べ尽くした千之助は「もっと食べたい」と駄々をこね、母親を手こずらせてくれた。

御徒目付の浅田又二郎が國木田家にやってきたのは、我が子がようやく聞き分けた二月十一日のことだった。

姑が病で寝付いてから、舅は目の離せない千之助を連れ出してくれるようになった。幼い子がいないほうが家の仕事は大いにはかどる。

それをありがたく思っていたけれど、今日ばかりは恨めしい。おかげで急な来客を早々に追い返すことができない。幼い我が子が近くにいれば、さも忙しいふりができたのに。

「兄から栄津さんの嫁ぎ先で不幸があったと聞いたのでな」

そう言って上がり込んだ相手は位牌に手を合わせた後、なかなか腰を上げなかった。そのくせ出されたお茶にも口をつけず、じっと黙り込んでいる。栄津は不安と苛立ちをこらえ、相手の出方をうかがった。

　口にした用件が建前なのはわかっている。又二郎の実家の水嶋家は栄津の実家である長沼家の隣だ。幼馴染みを本気で気遣い、千代の死を悼む気があれば、とうに足を運んでいる。

　御徒目付は旗本御家人を監督する御目付の配下である。いきなり足を運ばれては何かと世間の目がうるさい。それを知らないわけではあるまいに、又二郎は何をしに来たのか。

「水野さまが御老中に再任されてから、御徒目付の方々は御用繁多とうかがっております。私が國木田の家に嫁いで以来無沙汰をしておりますのに、又二郎さまはあいかわらずおやさしいのですね」

　つい嫌みたらしい口を利けば、相手の眉がかすかに動く。

　二年前の天保十四年閏九月に水野忠邦が老中を罷免されると、江戸っ子は「引っ越しの手伝い」と称して屋敷に押しかけ、塀越しに石を投げつけた。失政をこき下ろす落首が市中にあふれ、中には「鳥居《とりい》をば残し本社は打ちこわし」というものまであったと聞く。水野に引き立てられた南町奉行の鳥居耀蔵はお役御免になるどころか、勘定奉行を兼務することになったからだ。

兄の史郎は鳥居の屋敷に出入りしており、この時期はますますそっくり返っていたらしい。ところが、昨年六月に水野が老中に返り咲いたことで城中及び世間の風向きが一変した。

――ひょっとしたら、長沼家は潰れるかもしれん。

昨年の七月、夫は栄津にそう告げた。鳥居はすり寄ってくる微禄《びろく》の者に己の政敵を探らせ、相手に弱みがないときは悪事の証拠をでっち上げて退けてきたらしい。

――水野さまの意を受け、御目付が鳥居さまの御屋敷に出入りしていた者を調べていると聞く。史郎殿は自ら吹聴していたし、まっさきに目を付けられたはず。おまえも万一のときの覚悟はしておけ。

いつになく厳しい表情に栄津は言葉を失った。御老中の返り咲きに伴い、たかが御徒の長沼家が危うくなるなんて。

紀世さんさえ差し出がましい真似をしなければ、兄上が鳥居さまに近づくこともなかったわ。長沼の家が潰れたら、すべてあの人のせいよ。

何年も会っていないせいで、思い浮かべる紀世の顔が若いままなのも腹立たしい。見た目と持参金に目がくらみ、あんな女を妻にした強欲な兄にも腹が立った。

譜代席の御家人と違い、抱席《かかえせき》の御徒はお役御免になったらおしまいである。どうなるのかと怯《おび》えていたとき、國木田家の近くで浪人姿に身をやつした又二郎を見かけたのだ。

まさか、自分のせいで夫にも疑いが及んだのか。もし兄の巻き添えを食いでもしたら、夫や舅姑に申し訳がない——どうしたものかとうろたえたが、その後又二郎の姿を見ることはなかった。

調べて疑いが晴れたのか、別の誰かを探っていたのか。いずれにしてもよかったと栄津は胸をなで下ろした。

そして九月になり、鳥居はとうとう罷免された。鳥居の周りにいた微禄の者も数名捕縛されたらしいが、兄は運よく難を逃れた。悪名高い切れ者は、史郎をひと目見ただけで「使い物にならぬ」と断じたのだろう。

あれから五ヵ月、すべて終わったと思っていたのにまだ何か探っているのかしら。

口の重い相手に業を煮やし、栄津は自ら心当たりを切り出した。

「私は長沼の兄夫婦とは縁を切っております。そのため下谷の組屋敷には何年も足を運んでおりません」

「ああ、知っている。今日ここに来たのは、お役目とは関わりない」

「では、夫を調べているわけではないのですね」

「当たり前だ。あくまで栄津さんの幼馴染みとして寄らせてもらった」

又二郎の返事を聞いて、栄津の肩から力が抜ける。気まずさをごまかすように

「水嶋家の方々はお変わりありませんか」と微笑んだところ、相手の顔つきが険しくなった。

養子に出た人に実家のことを聞くべきではなかったかしら。でも、私は浅田家の方と会ったことがないんだもの。

うろたえた栄津が二の句をためらうと、「困ったことになっている」と又二郎が嘆息した。

「ひょっとして、おばさまの具合が悪いのですか」

又二郎の母の和江はいたって丈夫な人だったが、年は姑と同じくらいだ。思い付きを口にすれば、又二郎がかぶりを振る。

「母はあいかわらず達者だが、兄と折り合いが悪くてな」

「穣太郎さまとおばさまが？」

水嶋穣太郎は娘の頃に淡い思いを寄せた人だ。

和江は噂好きの口うるさい人だったけれど、あの穏やかな穣太郎が母親といがみ合うなんて。栄津はつい「何があったのです」と尋ねてしまった。

「札差から金を借りられなくなり、御家人はみな金の工面に困っておる。栄津さんも知っているだろう」

今さら言われるまでもない。吐き捨てるような相手の言葉に栄津は黙ってうなずいた。

天保十四年の暮れ、御公儀は札差に対し旗本御家人の借金を無利子年賦返済にするよう触れを出した。

借金がかさんで身動きが取れなくなった直参を救うためとはいえ、身勝手なお触れを商人が素直に呑むはずがない。たちまち激しい貸し渋りが起こり、旗本御家人の暮らしはよりいっそう苦しくなった。

國木田家では舅の忠兵衛が金を工面してくれた。いつも遊んでばかりいる忠兵衛だが、その分、遊び仲間の商家の隠居や主人に顔が利くらしい。栄津もこの時ばかりは義父のことを見直した。

ところ変わって水嶋家では、穣太郎の嫁の蕗《ふき》の実家、貸本屋の藤屋を頼った。しかし、御改革で人気の戯作者の多くが筆を折り、大店《おおだな》であっても内証は苦しい。それ以前にもさんざん用立てていたこともあって、とうとう去年の暮れに「これ以上は御免こうむります」と断られたとか。

「怒った母は蕗さんを責め、蕗さんは実家に帰ってしまった。兄が母に隠れて迎えに行ったところ、母とはもう暮らせぬと言われたらしい」

「まあ」

「そんな嫁は離縁してしまえばいいものを、兄は俺に母を引き取れと言い出した。母も俺の世話になりたがっているからと」

確かに和江は出来のいい二男がお気に入りで、よく「又二郎に水嶋家を継がせればよかった」と言っていた。

しかし、養子先の当主になったとはいえ、養父母は健在のはずである。立場の弱い又二郎が実母を引き取ることは難しかろう。

「それで、おばさまはどうなさっているのですか」

癇癪持ちの和江のことだ。息子に邪魔者扱いされておとなしくしているはずがない。そう思ったら案の定、自ら組屋敷を飛び出して浅田家に押しかけてきたのだとか。

「ひとまず俺の知り合いに預かってもらっているが、いつまでもこのままというわけにはいかん。俺は正月からずっと頭を抱えている」

一方、蕗は和江の不在を知って組屋敷に戻ったらしい。それでも「義母上が戻ってこられるなら、私は出ていきます」と言い張っているという。

「御徒一番組の水嶋穣太郎は妻の機嫌を取るために老いた母を追い出した――こんなことが噂になったら、弟の俺の肩身も狭い。下手をすると、家内取締り不行き届きで兄はお役御免になるかもしれん」

「それは、大変でございますね」

栄津は話を合わせたものの、腹の中では呆れていた。

和江は昔から嫁の実家に無心をしながら、町人上がりの嫁を見下してきた。辛抱できなくなった蕗が「姑とは暮らせない」と言い出す気持ちはよくわかる。

だが、非は和江にあったとしても、老いた母を追い出すのはいかがなものか。穣太郎も妻の実家を当てにせず、己の力で金を作ればよかったのだ。そうすれば、嫁姑の仲がここまでこじれることはなかっただろう。

――愚か者は目先の手間を惜しんで後で苦労をする。我が子がそうならぬよう、幼いうちから目を光らせておきなされ。

ふと姑の小言を思い出し、栄津は苦笑してしまう。

だが、又二郎にそんな失礼なことは言えない。栄津は当たり障りのないその場しのぎを口にした。

「今はそう言っていても、いずれ蕗さんの考えも変わりましょう。長年ひとつ屋根の下で一緒に暮らしてきたのですから」

「たとえ気の迷いでも、姑と暮らせないなんて嫁として言うべきではない。兄が不甲斐ないから妻が思い上がるのだ」

又二郎は声を荒らげてから冷めてしまったお茶を飲む。そして、ひと息入れる間もなく口を開いた。

「水嶋家を継いでおきながら、老いた母を放り出すとは無責任極まる。兄がここまで役立たずとは思わなかった」

「そこまでおっしゃるのなら、又二郎さんがこのままおばさまのお世話をなさいませ。おばさまもそれを望んでいるのでしょう」

蕗の味方をするつもりはないが、和江からは嫁の悪口を嫌になるほど聞かされている。又二郎が引き取れるなら、それに越したことはない。

話をまとめるつもりで言えば、相手が「冗談ではない」と気色ばむ。

「俺は誰より学問に励み、浅田家の養子となったのだぞ。どうして実家の母の面倒まで見なければならん」

「私にそうおっしゃられても」

「母より妻を取るなんて孝道にもとるというもの。家を継いだ兄が母の面倒を見るべきではないか」

「確かにおっしゃる通りですが」

「どうして養子に出た俺が水嶋家のことで苦労しなければならんのだ」

憤るのは勝手だが、ぶつける相手が違うだろう。さすがに付き合い切れなくなり、

「又二郎さん」と呼びかける。

「そういうことはお身内で話し合ってくださいませ」

夫より身分が上であろうと、今日は「幼馴染みとして来た」と言われている。強い調子で言い切れば、相手は気まずげに口をつぐむ。それからいきなり手をつくと、

「頼む」と栄津に頭を下げた。

「水嶋の家に行き、母を迎えに行くよう蕗さんを説得してくれないか」

兄嫁を非難した舌の根も乾かないうちに「母を迎えに行くよう説得してくれ」とはどういうことだ。しかも、どうしてその説得をこの私に頼むのか。栄津は一瞬耳を疑い、目を丸くして聞き返す。

「なぜ私におっしゃるのです」

「栄津さんは口うるさいと評判の姑とうまくやっていたのだろう？　水嶋の母が特

にひどいわけではないと知れば、蕗さんだって思い直すに違いない」

「……そのような差し出がましい真似はできかねます。又二郎さんがご自分で蕗さんを説得なさいませ」

「夫が言って聞かないものを義弟が言って聞くものか。世間ではよく、女は女同士と言うではないか」

　蕗に頭を下げたくないから、代わりに下げろと言うつもりか。和江の面倒を兄嫁に押し付けるつもりなら、悪《あ》しざまに言わなければいいものを。とことん身勝手な頼みに栄津はうんざりしてしまった。

――俺は……子供の頃からずっと栄津さんが好きだった。御番入りしたらすぐ、栄津さんを嫁に欲しいと史郎殿にお願いする。だから、あと二年待って欲しい。

　十一年前、又二郎からの求婚を断って本当によかった。あの言葉を信じていたら、今頃どうなっていたことか。

　女は女同士と言うのなら、他に頼むべき人がいるだろう。栄津は大きなため息をつき、首を左右に振った。

「でしたら、御内儀さまに頼まれてはいかがですか。又二郎さんの御内儀さまは蕗さんの義妹に当たります。赤の他人の私よりよほど近しい間柄ですし、武家の妻の心得は誰よりもよくご存じでしょう」

当然のことを口にすれば、又二郎の顔が凍りつく。この様子では、旗本の娘の妻に実家で起きた面倒を隠しているのかもしれない。兄の妻が町人の出ということさえ伝えていないのかもしれなかった。

「御内儀さまは大番士《おおばんし》のお家柄とうかがっています。私などよりよほど上手に蕩さんを説得なさるでしょう」

「いや……それはできぬ」

又二郎は一瞬詰まり、ややあってかぶりを振った。

「俺は浅田又二郎として妻を娶ったのだ。水嶋家のことに関わらせるつもりはない」

「でしたら、おばさまや穣太郎さんにもそうおっしゃってはいかがですか。自分は浅田家の養子で、水嶋家とは関わりないと」

頼みの二男に切り捨てられたら、和江は果たしてどう出るか。大騒ぎするのがわかっているから又二郎も苦慮しているのだろう。

だが、嫁入り前の義理だけで手を貸してやる筋合いはない。それこそ今も隣に住む紀世に頼めばいいではないか。

「又二郎さんが浅田家の者だとおっしゃるなら、私は國木田家の者です。水嶋家とは何の関わりもございません」

　きっぱり断りを口にすれば、又二郎は諦めたように立ち上がった。

三

　近頃、國木田家では家を出る順番が決まっている。まず夫の義三が出仕してから娘の春が出かけるのだが、

「何をぐずぐずしているのです。急がないと遅れますよ」

　鏡台の前に立つ十歳の娘を急かしたところ、春は着物の袖を広げて振り向いた。

「母上、おかしくありませんか」

　毎日同じ着物を着ているのだから、今さらおかしいも何もない。それでも帯は大丈夫か、髪は乱れていないかと念入りに確かめる。

「はいはい、大丈夫ですから行ってらっしゃい」

　母の言葉に安心したのか、春が手習い道具を持ってばたばたと出かけていく。栄津は娘の後ろ姿を笑みを浮かべて見送った。

手習いを始めたばかりの頃は恰好なんて気にしなかった。固い蕾がほんの少しずつ色づくさまは覚えがあるだけにくすぐったい。

幸い、春は長ずるにつれて見た目のいい夫に似てきたようだ。赤ん坊の頃は自分によく似たしもぶくれだったのに。年頃になれば、それなりに人目を惹くようになるだろう。あいにく千之助は母親に似てしまったけれど、男は見た目より才覚である。

あと三年もしたら『都風俗化粧伝《みやこふうぞくけわいでん》』を春に譲ってあげましょう。その頃には御改革も終わっているはずよ。

かつて、夢中で読み込んだ「きれいになるための書物」は今も行李《こうり》の中にある。御改革で女が華美に装うことは固く禁じられているが、女は女である限りきれいになりたいと願うものだ。

疱瘡《ほうそう》にかかってあばたが残ってしまった義母は、孫娘が己の二の舞いになることをことのほか案じていた。これからは母の自分が気を付けてやらないと。

女は見た目次第で一生が変わる。千代だってあばた面にならなければ、遊び人の舅に嫁ぐことはなかったろう。

このまま見目よく育ってくれれば、きっと良縁に恵まれる。でも、紀世さんのような人もいるから気を付けないといけないわね。

先走って余計なことまで考えていたら、舅に声をかけられた。

「ちょいとぶらぶらしてくる。千之助が腹を空《す》かせた頃に戻るから」

「はい、行ってらっしゃいませ」

このところいい天気が続いており、今日ものんびり歩くにはもってこいの陽気である。栄津は忠兵衛と千之助を送り出してからひとり仏壇の前に正座した。

姑が生きていた頃、この家でひとりきりになることはめったになかった。買い物から帰ったときも、まず「ただいま帰りました」と義母に挨拶したものだ。

そういえば、義母上が亡くなってから「ただいま」と言った覚えがない。いつになくしんみり思ったとき、玄関先で甲高い声がした。

「栄津さん、聞いてちょうだい。穣太郎ときたらとんだ親不孝者なのよ」

聞き覚えのあるその声に栄津は顔をこわばらせる。

幼馴染みが訪ねてきたのは二日前のことである。そのとき「蕗を説得してくれ」と言われたが、自分はきっぱり断った。

それで終わったと思っていたのに、どうして和江が訪ねてくるのだ。慌てて玄関に行けば、白髪の老婆が立っていた。

顔には深いしわが寄り、腰も曲がってしまっている。それでも疲れた様子を見せず、和江は栄津の顔を見るなり身をよじった。

「又二郎から聞いたと思うけれど、栄津さんもひどいと思うでしょう。私はもう情けないやら、悔しいやら」

見た目はすっかり年を取っても、持ち前の身勝手さと声の大きさは変わっていない。こちらが面食らっている隙《すき》に和江はそそくさと上がり込んだ。

「あの、どうして急にいらっしゃったんですか」

「もちろん、栄津さんが私を案じていると又二郎に聞いたからです。私は昔から栄津さんを実の娘のように思っていたけど、あなたも同じ思いでいてくれたのね。昨日話を聞いたときはありがた涙がこぼれましたよ」

何年も会っていないのに、実の娘もないものだ。又二郎は調子よく「栄津さんなら相談に乗ってくれる」と吹き込んだらしい。

蕗の説得が無理ならば、母を諭せというつもりか。まんまとしてやられたと栄津は奥歯を嚙《か》み締める。

「実の母親よりも嫁の肩を持つなんて。穣太郎は蕗のせいですっかり人変わりをしてしまったわ。町人上がりの嫁なんてさっさと離縁すべきだったのよ」

「………」

「姑と暮らしたくないなんて嫁の分際でよくも言えたものだわ。嫁は夫と姑に仕えるものでしょう」

「………」

「やはり穣太郎ではなく、又二郎に水嶋家を継がせればよかった。後悔先に立たずとはこのことです」

こちらが返事をしなくても、和江は勝手にまくしたてる。白目は血走り、こめかみには青筋が浮いている。この形相の老婆ともしも山道で出会ったら、誰しも山姥《やまんば》と思うはずだ。しかも、唾を飛ばして訴える中身は、栄津が嫁入り前に聞いた話とほとんど変わっていなかった。

犬猫だって十日も飼えば少しは情が湧《わ》くものだ。十年以上ひとつ屋根の下で暮らしていながら、この人は何をしていたのだろう。栄津は目の前の年寄りが本物の化物のように思えてきた。

「やはり武家の嫁は武家の娘でないと務まらないのです。穣太郎の意を酌んで、町人上がりの嫁を迎えたのが間違いでした」

和江は事あるごとに蕗を「町人上がり」と見下すけれど、藤屋の娘と承知で嫁に迎えたはずである。家風に合わないと言うのなら、水嶋家のやり方を蕗に教えてやればいい。

何も教えずに文句を言うのは嫌がらせとしか思えない。嫁として蕗に同情したとき、栄津ははたと気が付いた。

義母は嫁を叱っても、嫁の悪口を他人には言わなかった。もしも隠れて言っていれば、栄津の耳にも入っただろう。何より金に困っても、実家から金を借りてこいと命じられたことはない。

他人の悪口は気軽にできても、身内の恥は口にしにくい。和江にとって蕗はあくまで他人だからいつまで経っても悪く言える。千代は栄津を己の身内と思えばこそ、本人に厳しく言ったのだ。

「こちらの義母上は本当にお幸せでしたよ。栄津さんのようによくできた嫁に看取ってもらって。私なんてこの先どうなることか」

己の言葉にあおられたのか、和江の血走った目が潤む。興奮のあまり赤らんだしわ深い顔を見返して、栄津はようやく言葉を発した。

「とんでもない。私は不出来な嫁でございました」

千代が生きている間、さんざん恨んでいたのだから。言葉少なに言い返せば、相手は口に手を当てる。

「私に謙遜することはありませんよ。國木田家の姑と言えば、口うるさいと評判のお人でした。あなたがお嫁入りを決めたとき、私は本当に心配したのよ。でも、さすがは栄津さんだわ。泣き言も言わずに最後まで仕えたんだもの」

「いいえ、義母の気持ちを最後まで酌むことができませんでした」

「まあ、なんて奥ゆかしいんでしょう。うちの嫁に栄津さんの爪《つめ》の垢《あか》でも煎《せん》じて呑ませてやりたいわ」

嫌みなのか、本心なのか。和江は作り笑いを浮かべる。栄津は首を左右に振った。

「義母上は私を國木田家の者として受け入れ、家を任せるべく育ててくださったのに……私はそのありがたみをちゃんとわかっていませんでした。おばさまは蕗さんを水嶋家の嫁として受け入れていらっしゃいますか」

たとえ商家の出であろうと、穣太郎に嫁いだからには武士の妻だ。それなのに、まず姑の和江が「町人上がり」と言い続ければ、世間は蕗をそういう目で見る。まず姑が嫁を身内として認めてこそ、嫁はその家の人間になれるのだ。

「縁あって長男の嫁に迎えたのでしょう。そろそろ愚痴をこぼすのは控えられてはいかがですか」

「わ、私だって栄津さんのような嫁なら何の不足も申しません。蕗が水嶋家の嫁にふさわしくないから、つい繰り言が出るのです」

和江は早くに姑を亡くしている。そのせいで姑としてなすべきことがわからないのだろう。栄津がため息をつきかけたとき、相手がにじり寄ってきた。

「だから、栄津さんが嫁としてのあるべき姿を蕗に教えてやってちょうだい。蕗が心を入れ替えるなら、私だって大目に見るつもりです。本当は離縁したいけれど、世間体がありますからね」

又二郎の入れ知恵なのか、根っから似た者親子なのか。自分からは折れたくないが、他人の家は肩身が狭い。そろそろ「嫁を許す心の広い姑」として下谷の組屋敷に戻りたいらしい。和江の本音が透けて見えて、栄津の顔がこわばった。

「私が何か言うより、おばさまが蕗さんに頭を下げられたほうがよろしいかと存じます」

「悪いのはむこうなのに、どうして私が頭を下げなければならないの。それくらいなら蕗を離縁してやります」

憤慨する年寄りに栄津は静かに続ける。

「どうぞご随意になさいませ。ですが、離縁なさった後はどうなさいます」

「もちろん、もっとよい嫁を」

「そううまくいくでしょうか。前妻は姑と折り合いが悪くて離縁されたと聞けば、たいがいの女は怖気《おじけ》づきます。後添いはなかなか見つからないと思いますが」

「何ですって」

「いくら蕗さんに非があるとおっしゃったところで、世間はとかく姑を悪く言うものです。我が夫も義母が口うるさいと評判だったせいで、なかなか縁談がまとまらなかったではありませんか」

和江は栄津に言われるまで、自分が厄介な姑だと思っていなかったらしい。何度も口を開けたり閉じたりしていたが、言葉は出てこなかった。

「おばさまから頭を下げれば、蕗さんだって戻ってくるなとは言えますまい。老いた姑を足蹴《あしげ》にした嫁と陰口を叩かれますから」

「……だからって、どうして私から」

不満げに呟く表情はまるで幼い子供のようだ。実際、和江の考えは子供とあまり変わらない。栄津は「よく考えてください」と声をひそめた。

「おばさまだっていつまでもお元気とは限りません。ここで蕗さんに頭を下げないと、後が大変ですよ」

「どういうこと」

「病の床に就いたとき、誰に面倒を見てもらうのです。いよいよ身体が利かなくなれば、厠《かわや》に這《は》っていくこともできなくなります。そのとき誰の手を借りるか、わかっていらっしゃいますか」

こちらが言い終える前に和江の顔から血の気が引く。ついさっき「私なんてこの先どうなることか」と言ったくせに、ちゃんと想像してみたことがなかったようだ。

栄津はここぞと膝を進めた。

「私の聞いた話だと、姑を恨んでいる嫁はずいぶんひどい仕打ちをするそうです。厠に連れていってもらえずに粗相をしたり、汚れた布団を干してもらえなかったり。おばさまも耳にしたことがあるでしょう」

「そんな仕打ちをされるなら、死んだほうがましですっ」

「では、蕗さんを離縁なさいますか。女手がなくなれば、穣太郎さんやお子たちもさぞかしお困りになるでしょうね」

水嶋家に奉公人を雇う金はないから、たちまち行き詰まるに決まっている。言葉を失った年寄りに栄津はやさしくささやいた。

「幸いおばさまはお達者ですし、これから蕗さんとうまくやればいいのです。わだかまりが解ければ、病人に仕返しなんてしないでしょう」

「……そういうあなたは病の義母上に仕返ししたの？」

恐る恐る尋ねられ、栄津は目をしばたたく。世間の人は姑と自分をそんなふうに見ていたのか。

姑は息を引き取るまで一度として栄津に礼を言ったりしなかった。それでも自分は精一杯看病したつもりである。

だが、それを今ここで和江に教える義理はない。

栄津は意味ありげに微笑んだ。

四

忠兵衛が千之助を連れて帰ってきたのは、九ツ（正午）をだいぶ過ぎた頃だった。

幸い和江は去った後で、栄津は握り飯を作って二人に差し出す。その後、遊び疲れた千之助が眠ってしまうと、栄津は畑に青菜の種を蒔き出した。

本当は昼前に蒔くつもりだったのに、和江が押しかけてきたせいですっかり段取りが狂ってしまった。姑が生きていたら、さぞかし怒ったに違いない。

「栄津がそういう恰好をしていると、千代の若い頃を思い出すな」

縁側で煙管をくわえながら忠兵衛が呟く。

畑仕事をしている栄津は姐《あね》さん被りにたすきがけ、着物の裾はすねが見えるほど上げている。武士の妻として人前には出られない姿だけれど、これでなくては動けない。

「当たり前でございましょう。私のやり方はすべて義母上仕込みでございます」

又二郎や和江に会う前なら、姑に似ていると言われても喜べなかった。だが、今はこの家に嫁いでよかったと思っている。

炊事や掃除洗濯だけでなく、千代は畑仕事のやり方にもうるさかった。鍬《くわ》の持ち方から種を蒔く時期、水や肥やしのやり方まで。「なっておらん」と怒られるたび、肝を冷やしていたものだ。

百姓ではないのだから、種を蒔いて実ったものをありがたく食べればいい。初めの頃は「そこまでうるさく言わなくたって」と腹の中で文句を言った。

だが、こっそり我流でやったものは育つ途中で枯れてしまった。埋立地の深川は下谷と土の性質《たち》が違う。栄津は己の考え違いを反省し、それからは千代に言われた通り畑を耕すようになった。

それにしても、千代は驚くほどものをよく知っていた。そのわけを舅に尋ねれば、なぜか相手は胸を張る。

「そりゃ、俺と一緒になったからだ」

「そうなのですか」

「ああ、俺が頼りなかったせいでしっかり者になったのよ」

それは誇らしげに言うことではないだろう。栄津は内心呆れたけれど、嫁の立場で口にするべきことではない。

「おかげで、俺は楽をさせてもらったがな。この家が続いているのは、すべて千代の手柄だ」

「義父上、そんなことはございません。札差の貸し渋りにあったとき、義父上がお金を工面してくださったではありませんか」

うなずくこともできなくて、慌てて義父を持ち上げる。すると、忠兵衛は面白がるように目を細め、鼻から白い煙を吐いた。

「俺は千代の文を持って金を借りに行っただけだ。先方が金を貸してくれたのは、俺にじゃなくて千代になのさ」

長年遊び歩いている忠兵衛は顔こそ広いが、いい加減な人となりも知られている。いくら頭を下げたところで金を貸してくれる相手はいないらしい。

「その点、千代は信用があったからな。もし千代の身に何かあったとしても、あいつが仕込んだしっかり者の嫁がいる。必ず返ってくると思えばこそ、むこうは金を貸してくれたんだ」

「そうだったのですか」

何とも締まらない話だが、言われてみれば納得する。

そういえば、一度舅に騙《だま》されて長沼家に金を借りに行ったことがあった。自ら金を作れるなら、忠兵衛だって嫁を騙したりしないだろう。

「もっとも、栄津にとっては厄介な姑だったろう」

「いいえ、そんなことはございません」

千代が今も元気なら、口先だけの返事だったに違いない。二度と叱られないとわかっているから本気でそう言えるのだ。

「世間にはもっと面倒なお姑さまがたくさんおります」

「へえ、そいつぁおっかねぇ」

舅はわざとらしく身震いして灰吹きに煙管を打ちつける。それから遠くのほうに目をさまよわせた。

「おめぇが千代を恨んでいなくてよかったよ」

ほっとしたように呟かれ、栄津は思わず笑ってしまう。和江といい、忠兵衛といい、自分と千代はそんなに険悪に見えたのか。

義母に私を認めさせる——ずっとそう思ってきたけれど、千代は嫁に選んだときから栄津を認めてくれていたのだ。

「恨むだなんてとんでもない。義母上は最初から私を己のふところに入れてくださいましたもの」

「なるほど、それで懐《なつ》いたか」

犬猫ではあるまいし、懐くだなんて人聞きの悪い。とっさに眉間にしわを寄せると、忠兵衛が片眉を撥ね上げる。

「懐くという字は懐《ふところ》と書くじゃねぇか」

言われてみれば、確かにそうだ。懐く、懐かしい——慕わしさを示す言葉は「懐」という字が使われる。

容赦なく叱られて、憎んだことは何度もある。春を連れて逃げたいと涙をこぼしたこともある。それでも千代が亡くなったとき、うれしいなんて思わなかった。これからどうすればいいのかと心細くなったほどだ。

しかし、いつまでも不安に思っていたら、それこそ千代に叱られる。栄津は背筋を伸ばして話を変えた。

「義父上、いつも千之助の面倒を見ていただき、ありがとうございます。ですが、毎日連れ出していただかなくても大丈夫でございますよ。たまにはおひとりで行きたいところもございましょう」

姑が寝込むまでひとりで出歩いていた人である。子守りは飽きただろうと気を遣えば、忠兵衛は苦笑した。

「俺じゃ危なっかしくって我が子を預けられねぇか」

「そうではありません。千之助と一緒では行けないところもあるでしょうから」

「気を遣ってくれるのはありがたいが、今はひとりになりたくねぇのさ」

そう答えた顔が急に年を取って見え、栄津はふと不安になった。

いくら元気でも忠兵衛は高齢である。出先で倒れでもしたら、取り返しのつかないことになる。

「身体の具合が悪いのなら、毎日出歩かれないほうがよろしいですよ」

「ここには千代の思い出が沁みついていやがるからな。知らぬ間に姿を探しちまって、一日中なんていられやしねぇ」

困った顔をする相手に栄津は目をしばたたく。

自分がいつも叱られていたように、忠兵衛もまた妻に文句ばかり言われていた。そこまで妻を懐かしんでいるとは夢にも思っていなかった。

「そのくせ家に帰ったら、千代が迎えに出てきそうな気がするのよ。もう四十九日も過ぎたっていうのに」

どうやら栄津の出迎えでは物足りないらしい。義父の帰る場所は組屋敷ではなく、義母のいる場所だったのか。

姑もそれをわかっていて勝手を許していたのだろう。そのくせ先に逝ったのは、最後に妻のありがたみを教えるためだったのか。

――生まれつき強い女なんていやしません。弱いままじゃ生きられないから必死で強くなるんですよ。

ふと、りんの言葉を思い出し、栄津は含み笑いをする。

もしも私が先立ったら、旦那さまは何を思うだろうか。そんなことを思いつつ再び種を蒔こうとしたら、忠兵衛に「なあ」と呼びかけられた。

「今年の梅の実の出来はどうだ」

千代の好きだった梅の木に花はもう残っていない。栄津は「どうでしょう」と首をかしげる。

「梅の実の出来については、義母上の見立ても当てになりませんでしたから」

「ああ、見立てが外れるともっともらしい言い訳ばかりしやがったっけ。本当にかわいげのない女だった」

「まあ」

置いて逝かれてさびしいくせに、まだ悪口を言っている。嫁が呆れているのを知ってか知らずか、忠兵衛が片頬だけで笑った。

「これからは栄津がひとりで梅干を漬けなきゃならねぇな」

「いいえ、ひとりでなんていたしませんよ」

「何だ、俺にも手伝えって言うのかい」

「せっかくですが、義父上の手伝いはかえって邪魔になります。春に手伝ってもらいます」

娘が大人になって嫁いだとき、恥ずかしい思いをしないように——千代から教えられたことを春に教えるのが國木田家の嫁の務めである。

蒔いた種はいずれ芽を出す。

花は散っても実は残る。

そうして、家は続いていくのだ。

第六話

神《かん》無《な》月《づき》——四十二歳

一

栄津は生まれてから一度も江戸の外に出たことがない。

将軍家のお膝元には、諸国から人や物産が数限りなく集まってくる。亡くなった舅の知り合いからは伊勢参りや京見物の話を何度となく聞かされたし、若い頃には道中記を読みかじったこともある。この世が果てしなく広いことは十分承知しているつもりだった。

しかし、海の向こうの伴天連《バテレン》がはるばる押しかけてくるなんて……夢にも思っていなかった。

「どうして港を開くのです。この間まで異国船は打ち払うことになっていたではありませんか」

安政《あんせい》二年（一八五五）九月二日、栄津は思い切り顔をしかめ、娘が土産に持ってきたかりんとうを嚙みくだく。

一昨年の嘉永《かえい》六年、亜米利加《アメリカ》の黒船が浦賀《うらが》沖に現れ、昨年には日米和親条約が結ばれた。二百年あまり続いた政《まつりごと》の根本はあっけなく覆されたのである。

「何かと先例を持ち出される御公儀が自らそれを破られるなど、言語道断のお振る舞いです。こたびの条約に不満を抱く者も多く、刀剣の値は跳ね上がったままだとか。先の御改革の混乱がようやく収まったというのに、何と嘆かわしいことでしょう」

「そうですね」

「厳しく蘭学者《らんがくしゃ》を取り締まっておきながら、今になって異国と交わろうとなさるなんて。私には御公儀のお考えがとんとわかりかねます」

「はあ、さようでございますか」

熱弁をふるう母の前で、三月《みつき》ぶりに会った娘の春はどうでもよさそうに茶をすする。その聞き流し方が夫の義三にそっくりで栄津は嫌な気分になった。

かつて自分が望んだ通り、娘は夫譲りの器量よしに育ってくれた。だが、似て欲しかったのは見た目だけだ。仮にも血を分けた娘なら、もっと母の気持ちを酌んでくれてもいいではないか。

何の因果か中身も夫によく似た娘は一昨年の春、御徒四番組の田代清兵衛《たしろせいべえ》の妻となった。

娘は嫁いでしまうと、とかく実家とは疎遠になる。しかも田代家の組屋敷は下谷にあるため、気軽に行き来するのは難しい。今日は舅の墓参りで深川に足を運んでくれたが、次はいつ娘の顔を見られるかわからない。

だからこそせっかくの好天にもかかわらず、里芋の収穫を後回しにしてじっと座っているというのに、いい加減に聞き流すとは礼儀知らずにもほどがある。この子はよそに嫁いでからすっかり生意気になってしまった。

不機嫌になって口をつぐめば、春はため息をついて湯呑《ゆのみ》を置く。

「母上は同じ話をどれだけ繰り返せば気がすむのです。私たち幕臣は御公儀のお考えに従うしかありません。あれこれ考えるだけ無駄でしょう」

「無駄とは何ですか。御家人の妻としてこの国の行く末を心配するのは当たり前です。異国の出方次第では、おまえの夫の清兵衛殿も海岸の守りに関わるお役目を与えられるかもしれませんよ」

「田代家は國木田家よりも長く御徒を務めている家柄です。そんなお役目に回されるはずがありません」

「いいえ、腕の立つ清兵衛殿なら十分あり得ることです。漏れ聞いた話だと、下田《しもだ》奉行支配組頭の黒川嘉兵衛《くろかわかへえ》さまは小普請方《こぶしんかた》であったのに、急なお役替えで浦賀奉行支配組頭となり、その後さらに下田へと回されたそうですよ」

才覚を買われての出世とはいえ、異人に関わる仕事など縁起でもない。栄津は身震いしたけれど、娘はまるで動じない。

「小普請方ならば譜代の御家人、抱席《かかえせき》の夫とは立場が違います」

「御徒はお城で身分のある方々の用を承っているのです。いつどこで上役の目に留まるか、わかったものではありません。いざという時に備えて心積もりをしておくのが妻の役目というものです」

栄津が力んで言い返すと、娘は疲れた様子で顎《あご》を引いた。

「はいはい、母上のおっしゃる通りでございます」

「何ですか、その言い方は。母を小馬鹿にするのもたいがいになさいっ」

思わず声を荒らげれば、春の顔が険しくなる。

「では、何と言えばいいのです。道端の地蔵のように黙っていろとおっしゃいますか」

「たまに会えたときくらい、母の話に耳を傾けなさいと言っているだけです」

「ならば、たまにしか会えない娘の話も少しは聞いてくださいまし。いつお目にかかっても、母上はご自分の心配や愚痴をこぼすばかりではありませんか」

恨みがましい目で見られ、栄津は頭に血が昇った。

りますよ」
「言いがかりもたいがいになさい。私はいつだっておまえの話をちゃんと聞いてお
「いいえ、私が何か言おうとすれば、みなまで聞かぬうちに『おまえは恵まれてい
るのに辛抱が足りない』とおっしゃいます」
「その通りなのだから仕方がないでしょう。おまえのおばあさまに比べたら、瑞枝《みずえ》
さまは菩薩《ぼさつ》のごときお姑さまです。私なんて亡き姑からどれほど厳しくされたこと
か」
　春が田代家に望まれたのは自分の娘であるからだ。家付き娘の瑞枝が栄津のこと
を知っていて、「栄津さんの娘ならば」と見込んでくれたのである。嫁としていた
らないところがあれば、育てた自分の恥になる。
「私は嫁入り前に母を亡くし、姑からつらく当たられても実家を頼れませんでした。
それに比べておまえははるかに恵まれています」
「そうやって自分ばかり苦労をしたようにおっしゃらないで。私だって母上の子に
生まれたせいで苦労をしております」
　刺々《とげとげ》しい声を張り上げられて栄津は細い目を瞠《みは》る。気性も夫に似ている娘が苛立
ちをあらわにするのはめずらしい。

まさか姑の瑞枝から嫌がらせでも受けているのか。それとも、夫が女遊びでもしたのだろうか。でなければ、婿養子の舅に無理難題を吹っかけられたか。

今にして思えば、今日は出だしから春の表情はこわばっていた。これはただ事ではないと娘のほうへいざり寄る。

「私の娘に生まれたせいで苦労していると言われては、とても聞き捨てにできません。どういうことかわかるようにおっしゃい」

國木田家以外に嫁ぎ先のなかった自分と違い、娘には他にも縁談があった。事と次第によっては田代家と掛け合ったっていい。

じっと目を見て問い詰めれば、春はしぶしぶ白状した。

「……先日、三番組の組頭さまとお会いしたのです。向井さまは妹である紀世さんを不幸にした伯父上《おじ》をたいそう恨んでおいででした」

「何ですって」

思いがけない言葉を聞いて、栄津の顔から血の気が引く。

長沼家が赤の他人の手に渡ったのは紀世さんのせいじゃないの。恨んでいるのはあんな嫁を押し付けられたこちらのほうだわ——とっさに口にしかけたものの、危ういところで呑み込んだ。

兄嫁の紀世は組頭の娘であることを利用して、御徒頭だった鳥居耀蔵に兄の史郎を引き合わせた。鳥居はその後、時の老中に取り立てられて南町奉行に昇進したが、わずか三年で失脚。翌年には丸亀《まるがめ》藩に押し込めの身となった。

後で聞いた話だが、兄は鳥居が後ろ楯《だて》だと吹聴して、札差から借金を重ねていたらしい。栄津が嫁に行く前から長沼家には返し切れないほどの借財があった。それがさらにふくれ上がったのだから、鳥居の失脚後はさぞや厳しく取り立てられたに違いない。

結局、兄は札差の倅《せがれ》を養子にして長沼家の家督を譲り渡した。実家と行き来のなかった栄津は夫からそれを教えられた。

長沼家を傾かせた嫁の身内が恨み言とは片腹痛い。まして何年も経った今、伯父の顔も知らない春に近づくとはどういうつもりか。悔しさのあまり歯ぎしりすれば、娘が力なく呟いた。

「組が違うとはいえ、向井さまは組頭です。私を嫁にしたせいで夫や田代の両親に迷惑がかかったらどうすればいいんでしょう」

同じ下谷に住む御徒同士、田代家は長沼家のことも承知している。栄津はうつむいた娘の手を取った。

「一番組の組頭さまだってお認めになったことですから、おまえは心配しなくてもいいのです。向井さまだって三番組の組頭として御家人株の売り買いを黙認しておられるはず。とやかく言えた義理ではありません」

不自然な養子縁組を認めるごとに組頭にも金が入る。中には仲人《なこうど》よろしく売り手と買い手を引き合わせる組頭もいると聞く。

「町人上がりの養子のほうが算盤《そろばん》に強く、気が利く者が多いと言います。おまえの従兄《いとこ》が跡を継ぐよりきっとお役に立つでしょう」

一度しか見たことがないけれど、あの兄と紀世の子の出来がいいはずがない。鼻息荒く言い切っても、春はどこか不安そうだ。

「でも、伯母《おば》上のお身内にしてみれば」

「私に言わせれば、長沼家が赤の他人に乗っ取られたのはその伯母上のせいですよ。紀世さんが嫁としていたらないから、こんなことになったのです」

こらえ切れずに吐き捨てて、娘の手に目を落とす。肌は荒れているものの、手の形は悪くない。節の目立たない長い指にきれいな爪の形をしている。

肌荒れはもちろん、指が太くて短い上にしわやしみが目立つ自分の手とはまるで違う。また記憶の中にある紀世の手とも違っていた。

「おまえの伯母上はとてもきれいな手をしていました。お姫さまのような、何の苦労も知らない手です」

「伯母上は妻の務めを果たしていなかったのですか」

「……私は身ひとつで國木田家に嫁ぎました。こんなことになるとわかっていたら、何かひとつくらい長沼家にゆかりの品を持ってきたのに」

　跡取りとしてすべてを受け継いでおきながら、兄はその一切を金に換えて妻子と共に姿を消した。

　長沼家の墓は家督を継いだ札差の倅が引き継ぐだろう。だが、母が大事にしていた塗りのお膳や掛け軸はどうなったか。それこそ考えても仕方がないと栄津は娘の手を離す。

「本当に先のことなどわかりません。おまえが言う通り、あれこれ考えるだけ無駄かもしれないわね」

　口ではそう言いながら、自分はやっぱりこの先も考えることをやめないだろう。あれこれ先回りしておけば、不本意なことが起こったとき「ああ、やっぱりこうなったか」とすぐに諦めることができる。

　栄津がため息をついたとき、春はわざとらしく手を打って「千之助は元気ですか」と話を変えた。

「私が嫁に行ってから、剣術の稽古を始めたのでしょう。少しは上達したのですか」

「何です、その聞き方は。『少しは』なんて千之助に失礼でしょう」

「だって、あの子は母上に似ていますもの。学問はともかく、すばやく立ち回る剣術は苦手だろうと思って」

悪気はないとわかっているが、そういう言い方はないだろう。栄津が言い返そうとしたら、一瞬早く春が言った。

「この先はいくら学問ができても、剣術ができないと出世は厳しいと夫が申しておりました。御公儀も近く武芸鍛錬のための道場を開かれるとか」

黒船が来航してからというもの、江戸では剣術熱が高まっている。春の口ぶりが得意げなのは、自分の夫が学問より剣術を得手にしているからだ。

心の底では夫の出世を望んでおきながら、危険なお役目に回されることはまるで考えていないなんて――やっぱりこの子は父親似だと、栄津は少々呆れてしまった。

「あの子はまだ十四です。父上は千之助が二十歳を過ぎるまで隠居はしないそうですから、お役に就くまでに腕が上がっているでしょう」

「千之助が二十歳と言ったら、父上は五十五です。その年までお城勤めをさせるなんて、あまりにも父上がお気の毒です」

夫は十五で家督を継いだから、すでに足かけ三十五年御徒をしている勘定だ。それでも、我が子に己と同じ苦労をさせる気はないと言う。

――長く働いた分、隠居したら好きなことをさせてもらう。

あまり表情を変えない夫だが、そう言うときだけ口元が緩む。そのときのことを考えて、栄津は内緒で金を貯《た》めていた。

だが、そんなことを嫁に行った娘に教えてやる義理はない。意地の悪い気持ちを起こし、ちらりと横目で春を睨む。

「父上が気の毒だと思うなら、早く跡継ぎを産むことです」

五十五まで働かざるを得ないのは、千之助が遅くに生まれたからだ。言わずもがなのことを言えば、春が口を尖らせる。

「母上は私が恵まれているとおっしゃいますが、私は弟のほうがはるかに恵まれていると思います」

「なぜです」

「女は女というだけで、男より損をしています」

それは自分も若い頃に何度となく感じたことだ。不満そうな顔つきを見て、栄津はおかしくなってしまった。

二

翌日、栄津は早起きをして里芋の収穫を終え、千之助が通っている住吉町《すみよしちょう》の道場へ出かけることにした。

――あの子は母上に似ていますもの。学問はともかく、すばやく立ち回る剣術は苦手だろうと思って。

娘が何気なく言った一言がひどく胸に応えていた。

千之助は栄津譲りのおたふく顔で、男にしては小柄である。

まだ十四だからこの先大きくなるにしても、手や足の寸法からして人より大きくなるとは考えづらい。そのせいなのか、熱心に稽古をしているわりに剣術の腕も上がらない。

あの子は口に出さないけれど、どうせなら父上に似たかったと思っているかもしれないわね。

櫛《くし》で髪を整えながら、栄津は鏡に映った己の顔をじっと見る。

おたふく顔は年より若く見られやすい。四十二になった自分は望むところであるけれど、息子にとっては不本意だろう。

姑の千代に見込まれて身体ひとつで嫁に来てから、妻として、母として懸命に努力を重ねてきた。瑞枝から「栄津さんの娘だから嫁に欲しい」と言われたときは、自分が認められた気になった。

だが、当の夫や子供たちはどう思っているのやら。やかましい、押しつけがましいと思われていたら、こちらとしては立つ瀬がない。

――私だって母上の子に生まれたせいで苦労をしております。

春に言われてしまった言葉を息子の口から聞きたくない。たとえ差し出がましくても、息子の剣術が上達するよう力添えをしたかった。

――この先はいくら学問ができても、剣術ができないと出世は厳しいと夫が申しておりました。

娘に言われるまでもなく、昨今の情勢をかんがみれば腕は立つほうがいい。

噂によれば、御公儀が新たに開かれる道場には剣術のみならず弓術や槍術《そうじゅつ》の達人も師範として招かれているらしい。そこでは今までのように型を重んじるのではなく、実戦に備えた武芸が教えられるとか。

見た目の幼い千之助はただでさえ侮られやすい。今のうちに腕を磨いておけば、後できっと役に立つ。

孟子《もうし》の母親だって何度も住まいを替えて、我が子を学問好きにしたのだもの。私も我が子を支えなければ。

栄津は新たな覚悟を胸に秘め、溝口《みぞぐち》道場の前に立つ。「ごめんください」と声をかければ、無精ひげの大男がぬっと出てきた。

二年前の入門の際、道場主と師範代には挨拶をしている。門弟のひとりだろうと見当をつけ、面食らいながらも頭を下げた。

「私はこちらでお世話になっている國木田千之助の母でございます。道場主さまか師範代さまにお取り次ぎ願います」

しかし、こちらが顔を上げても大男は返事をしない。その場を動こうともせず、無言でこっちを見つめている。射るような目つきの鋭さに栄津が後ずさりしかけたとき、「あんた、栄津さんか」と尋ねられた。

「は、はい、私は國木田栄津と申しますが」

怯《おび》えながらも答えたとたん、大男が破顔した。

「そうか、やっぱり栄津さんか。そういえば、國木田という御徒と一緒になったと聞いていたな」

自分を知っているらしいが、こちらはまったく覚えがない。無言で顔を引きつらせると、「俺だよ。水嶋利三郎だ」と名乗られた。

水嶋と言えば、長沼家の隣に住んでいた御徒の名だ。そこの長男は穣太郎で二男が又二郎、末っ子の三男が確か利三郎だったはず。子供の頃から剣術好きだった覚えはあるが、こんなむくつけき大男になっていたとは知らなかった。

驚きのあまり言葉をなくしていると、利三郎と名乗った相手が「上がってくれ」と栄津に言った。

「先月から俺がこの道場の師範代を任されている。用件は奥で聞かせてもらおう」

笑顔の大男に促され、おっかなびっくり後に続く。

「いや、それにしても久しぶりだ。そうか、千之助は栄津さんの倅だったのか。言われてみれば面影があるな」

座敷に腰を下ろした利三郎はまたもや栄津の顔をじっと見る。遠慮のないまなざしに居心地の悪さを覚えてしまう。

「利三郎さんはすっかりお、いえ、ご立派になられて」

つい「面影がなくなって」と言いそうになり、当たり障りのない言葉に言い換える。それから気を取り直して付け加えた。

「とうとう剣術で身を立てられるようになったんですね。泉下《せんか》の和江おばさまもさぞお喜びでしょう」

利三郎の母の和江は五年前に六十二で亡くなっている。その葬式で利三郎の姿を見かけなかったわけを聞けば、「上方に行っていて間に合わなかった」と眉を下げた。

「俺は最後まで親不孝な息子だったからな。幕府が開くという道場の師範に選ばれたというならともかく、町道場の師範代では母は認めてくれんだろう」

「そんなことはありません。黒船が浦賀に来て以来、剣の腕前が見直されております。今後、利三郎さんの出仕がかなう時が来るかもしれませんせん」

とっさに励ましを口にすれば、なぜか相手は苦笑した。

「栄津さんは変わらんな」

「そんなことはありません。すっかりおばあさんになりました」

さっき鏡で見た顔を思い出し、今度は栄津が苦笑する。実の孫こそいないものの、十六、七で嫁いだ知り合いはすでに本当のおばあさんだ。利三郎は二つ下だったから、今年不惑（四十歳）のはずである。

「畑仕事で日に焼けて人一倍しみはできたし、しわだって寄りました。変わらないなんて言われたら、昔の私がかわいそうです」

「そりゃ、見た目は少し変わったさ。けど、中身はちっとも変わっていない。母の前で俺の肩を持ってくれたのは栄津さんだけだ」

目を細めて言い切られ、栄津は返す言葉に窮する。二十年以上前のことが昨日のことのようによみがえった。

隣家との生垣ごしによく和江の愚痴を聞かされたが、その大半は「長男と二男が逆だったらよかった」というものだった。三男の利三郎の名はそれほど出てきた覚えがない。

栄津にしても穣太郎にほのかな恋心を抱いていて、同い年の又二郎とはよく言葉を交わしていた。しかし、年下の利三郎とはあまり話す機会もなく、「剣術好きな末っ子」と思っていただけである。

あえて利三郎の肩を持つとしたら、和江が穣太郎を貶《おとし》めて又二郎を持ち上げるのが癪《しゃく》に障ったときだろう。まさか、利三郎に感謝されているとは思わなかった。

「それで、今日はどうした」

不意に話を戻されて、栄津はすばやく居住まいを正す。

この道場に来てまだ間がなくても、師範代として門弟の腕前は承知しているはずだ。今後どうするべきかをぜひとも教えてもらいたい。

「水嶋家と違い、我が家は千之助しか男子がおりません。御徒の家の跡継ぎとして、剣術の才がないのならどのような稽古をすべきなのか。母として何をしてやればよいか。どうか教えてくださいまし」

ひと息に言って頭を下げ、二呼吸《ふた》して頭を上げる。すると、困ったような顔で顎をかく師範代と目が合った。

「まあ、その……栄津さんの息子だけあって真面目に稽古をするところがいい。そもそも惣領は剣の構えさえ知っていれば何とかなる。人よりすぐれていなければいけないのは、養子に出る連中だけだ」

目を泳がせる利三郎を見て、栄津はやはりそうかと肩を落とす。

千之助、ごめんなさい。私に似てしまったばっかりに。おまえも春のように父上に似ればよかったわね。

胸の中で我が子に謝れば、利三郎は慌てて付け加えた。

「なに、剣術などできたところでお城勤めの役には立たん。千之助は利発だし、悲観することはない」

「何をおっしゃいます。黒船来航以来、刀剣の値は上がり、剣術道場は大流行《おおはやり》ではありませんか。御公儀も近く道場を開かれるのでしょう。これからの幕臣は何より腕に覚えがなければ」

「だったら聞くが、腕を磨いて誰とやり合う気だ。もし異国のやつらと一戦交えるつもりなら、悪いことは言わないからやめておけ」

仮にも道場の師範代が何と弱気なことを言うのか。自《おの》ずと利三郎に向ける目が険しくなった。

「では、先方がどのような無理難題を押し付けてきても、決して戦うなとおっしゃるのですか」

「ああ、そうだ。負けるとわかっていて戦うくらい馬鹿馬鹿しいことはない」

「利三郎さんは異国について詳しく知っているのですか。どうして戦う前から負けると言い切れるのです。あなたは仮にも剣術で身を立てているのでしょう」

つい声を荒らげた栄津に利三郎は片眉を撥ね上げる。

「仮にも剣術で身を立てているからわかるのさ。異国と戦えば必ず負ける。俺は黒船を見てそう思った」

去年の一月、利三郎は羽田《はねだ》沖に姿を現した黒船をたまたま目にしたそうだ。そして、その姿の異様さと力強さに「打ちのめされた」と語った。

「黒船は海の上でもうもうと煙を上げていた。俺は火事場以外であのような煙を見たことはない。御公儀も勝ち目がないと察すればこそ、港を開いたんだろう」

逃げ場のない海の上で煮炊き以外の激しい火を焚《た》く。それがどれほど危険なことか、栄津にもおおよそ見当がつく。大砲《おおづつ》もついているという黒船はこの国の船とはまるで造りが違うらしい。

だが、遠目に船を見ただけで負けを認めるのはいかがなものか。栄津は眉をひそめて弱気な相手を見返した。

「利三郎さんは船について素人《しろうと》でしょう。ひと目で良し悪しがわかるとは思えません。黒船は見た目だけ仰々しい、こけおどしかもしれないわ」

「栄津さんは戦いで必ず勝つ秘訣《ひけつ》を知っているか」

意外な言葉を返されて、「いいえ」と首を左右に振る。

そんなものがあるのなら異国を恐れなくてもいい。身を乗り出した栄津に師範代はにやりとした。

「自分より強い相手とは戦わないことだ。ひと目で相手の力量を見極めることが戦いの極意だな」

「では、自分より強い相手と戦わなくてはならないときは？」

「どうしても逃げられないときは、死ぬ気で戦うしかなかろう。うまくいけば九死に一生を得るかもしれん。だが、たいがいは死ぬ」

利三郎の口調は軽いけれど、目つきはひどく真剣だった。剣術で身を立ててきた男として、黒船はこけおどしではないと言いたいようだ。

「俺に言わせれば、御公儀は道場を開くより異国に負けない巨大船や大砲を造る工夫をするべきだ。今さら言っても始まらないが、蘭学者を弾圧したことが悔やまれる」

「……そう思うなら、どうして利三郎さんは道場の師範代をしているのです。剣術などできたって、意味はないと思っているのでしょう」

「そりゃ、他にできることがないからだ。学問のできる又二郎兄はちゃんと養子に行けただろう。これから先も大事なのは剣の腕よりこっちのほうだ」

己の頭を指差して、利三郎は再びにやりとした。

だが、学問吟味に及第して将来を嘱望された又二郎ですら養子先の期待を裏切り、今も御徒目付のままと聞く。水嶋家を継いだ穣太郎は近々隠居するのだとか。

部屋住みの利三郎は幕臣である二人の兄とこういう話をするのだろうか。栄津がふと考えたとき、利三郎が膝を叩く。

「そういえば、栄津さんは深川元町の組屋敷にいるんだったな」

「はい、そうですけれど」

「実は俺も深川に住んでおる。もちろん、広い組屋敷とは比べ物にならん狭い長屋のわび住まいだが」

てっきり今も水嶋家の部屋住みだと思っていた。無言で目をしばたたくと、こちらの気持ちを察したらしい。大男が肩をすくめる。

「まだ下谷の組屋敷に居座っておれば、もう少しましな恰好をしているさ。嫁をもらう甲斐性もないから、海辺大工町《うみべだいくちょう》でひとり暮らしだ」

「まあ、そんなご近所に」

海辺大工町といえば、小名木川《おなぎがわ》を挟んですぐそこである。栄津は驚くと共に、むさくるしい恰好の利三郎が気の毒になった。

兄二人はお役目に就き、一家の主人となって組屋敷に住んでいる。一方、三男の利三郎だけが未《いま》だ嫁ももらえずに、裏長屋に住んでいるのか。

和江おばさまも己の不満を並べる前に、末っ子のことをもっと考えてあげるべきだったわ。

傍目《はため》にもよき母とは言えなかった故人のことを思い出し、栄津は口を滑らせた。

「男のひとり暮らしは何かとご不自由でしょう。よろしかったら、今度我が家にお越しください。酒と肴《さかな》くらいはお出しできます」

「いや、それはありがたい」

よほどうれしかったのか、利三郎が目を輝かせた。

三

水嶋利三郎が初めて國木田家を訪れたのは九月六日のことだった。

「母上、水嶋先生が今夜うかがうとおっしゃっておられました。母上と先生は知り合いだったのですね」

道場から戻ってくるなり千之助が笑顔で言う。栄津は顔をこわばらせ、すぐには返事ができなかった。

確かに誘いはしたけれど、もう少し時期を選んで欲しい。御徒の家の倅なら、禄をいただけるお玉落ちが二月と五月と十月だと承知しているはずではないか。懐の厳しい九月に押しかけてくるなんて、何を考えているのだろう。

いや、何も考えていないからすぐに押しかけてくるに決まっている。栄津はため息を呑み込んで酒と肴を買いに出かけた。

「いきなりうかがってはまずいと思って伝言を頼んだのだが……かえって気を遣わせてしまったようだ」

暮れ六ツ半（午後七時）に顔を見せた利三郎は、膳に並んだおかずを見てしきりと恐縮している。千之助と栄津はすでに夕餉《ゆうげ》をすませており、相伴に与る夫は上機嫌で徳利《とっくり》を差し出した。

「出来の悪い倅が面倒をかけているのですから、気にしないでいただきたい。それにしても世間は狭い。千之助の剣術の先生が栄津の幼馴染みとは。妻は昔、どんな子供でござったか」

口数の少ない義三が思いがけないことを言い出す。栄津は「そのようなことはどうでもいいでしょう」と急いで夫を諫《いさ》めたけれど、利三郎は食い付いた。

「いつもちょこまかと働いていて、我が家の膳にはよく栄津さんが育てた小松菜やきゅうりが載っておった。このおひたしも栄津さんが育てたものか」

その通りなのでうなずけば、利三郎は「頂戴《ちょうだい》する」と手を合わせ、小松菜のおひたしを口に運んだ。

「そうそう、この味だ。間違いない」

「利三郎殿はずいぶん口がお上手になられましたこと。菜の味など誰が育てても一緒でしょう」

「いや、そんなことはないぞ。國木田殿もそう思われるだろう」

呆れる栄津の前で利三郎は義三に話を振る。すると、夫は首をかしげた。

「さて、どうだろう。私は母か妻が育てたものを何も考えずに食していたので」

「それは何ともうらやましい話でござる。今度はぜひ栄津さんが嫁に来てからのことを話してもらいたいものだ」

すっかり酒の肴にされてしまい、栄津は座敷から逃げ出した。四十二にもなって大昔の話を持ち出されては気恥ずかしい。

利三郎は一刻（約二時間）ほど夫と酒を酌み交わし、上機嫌で帰っていった。そして玄関を出るときに、「心ばかり」と三合の米を差し出した。

「今夜は実に楽しかった。また寄らせてもらってもいいか」

「もちろんです。いつでもお寄りになってくださいませ」

米を受け取ってしまった以上、こちらから駄目とは言い出せない。その言葉を真に受けて、利三郎は三日に一度は顔を見せるようになった。

栄津が意外だったのは、強面《こわもて》の剣術使いと夫のウマが合ったことだ。初日に愛想がよかったのは、息子の剣の師なので機嫌を取っているのだと思っていた。しかし、利三郎の訪れが続いても夫の態度は変わらない。むしろ心待ちにしていると知り、栄津はひそかに腹を立てる。

私と二人のときはちっとも話が続かないくせに。妻の知り合いと話すほうが楽しいなんてどういうことなの。

二人の話題は公儀に関わるものが多く、栄津がいなくなってから小声で話し込むこともあった。

これで毎回手ぶらなら、ただでは置かないところである。しかし、貧乏御徒の内証をよく知っている利三郎は酒や米を持参する。おまけに息子の先生なので「遠慮して欲しい」とは切り出しにくい。

長屋のひとり暮らしじゃ、へっついに火を熾《おこ》すのも面倒なんだろうけれど……こう頻繁に来られてはたまらないわ。

利三郎が帰った後、栄津はいつも不機嫌だった。

十月二日の晩も利三郎は一升徳利を抱えてきて、四ツ（午後十時）近くまで義三と飲んでいた。

「町木戸が閉まると厄介です。そろそろお開きになさってはいかがですか」

しびれを切らして声をかければ、客が大仰に目を瞠る。

「いや、これはいかん。御新造のおっしゃる通り退散しましょう」

「いっそ泊まっていかれればいい。見ての通り狭い家ですが、水嶋殿が寝る布団くらいはありますぞ」

かなり酔いが回っているのか、夫が利三郎を引き留める。しかし、利三郎は「いやいや」と手を振った。

「あまり調子に乗ると、栄津さんに二度と来るなと言われてしまう。國木田殿、ではまた近いうちに」

「お待ちしております。水嶋殿、今宵《こよい》は月が出ておらぬ。気を付けてお帰りなされ」

ほどなくして利三郎は國木田家を去り、戸締りをした栄津は膳を片づけて二人分の布団を敷いた。

「旦那さま、お着替えを」

いつものように声をかけた刹那《せつな》、突然不気味な音がして舟の上にいるように身体が揺れる。夫は雨戸を蹴破ると、うろたえる栄津を引きずって真っ暗な表に飛び出した。

今までも地震はあったけれど、こんな大きな揺れは初めてだ。足の下の大地が裂けそうで栄津は思わず膝をつく。

目が闇に慣れない中、「その梅の木に摑まっていろ」と夫が怒鳴る。

「千之助を連れてくるから動くなよ」

その声が聞こえたように、千之助も蹴破られた雨戸から飛び出してきた。

「父上、母上、ご無事ですか」

「ああ、おまえも無事でよかった」

息子の声で我に返り、栄津は手探りで我が子を抱き締める。ほっと息をついたとき、夫婦の寝間から火が出ていることに気が付いた。最初の大きな揺れのせいで行灯が倒れたに違いない。

「大変、早く火を消さなくては」

御家人の住まいは公儀から土地のみ貸し与えられ、屋敷は己の金で建てる。この家が燃えてしまったら、建て直すのにいくらかかるか。栄津が着物の裾を帯に挟むと、強い口調で止められた。

「馬鹿を言うな。まだ揺れは続いているぞ」

「では、燃え広がる前に旦那さまの腰の物だけでも」

今ならまだ大小を持ち出せる。栄津は寝間の中に飛び込んだ。

そして刀掛けの刀を摑んだとき、再び大地が大きく揺れた。と同時に屋敷の梁《はり》と柱が揃って不気味な音を立てる。

これはまずいと思った瞬間、

「父上、母上っ」

屋敷が崩れ落ちるすさまじい音にまじって、千之助の甲高い悲鳴が聞こえた。気が付けば、栄津は両手に刀を抱いて地べたに転がっていた。

「母上、しっかりしてください。早く父上を助けないと」

千之助が助け起こしてくれたけれど、何が何だかよくわからない。呆然《ぼうぜん》と見開いた栄津の目には土煙を上げる崩れた組屋敷だけが映っていた。

私は今、悪い夢でも見ているのか。ついさっきまでいつもの晩と何ら違いはなかったはずだ。床に入って身体を休め、日の出前に目を覚ます。朝餉の支度をして夫と息子を送り出し、洗濯をして掃除をする。明日も明後日も同じ毎日が続いていくと頭から信じ込んでいた。

まともに呼吸もできずにいたら、千之助は一心不乱に瓦《かわら》や壁のかけらを取り除こうとする。

「父上、返事をしてください。父上っ」

息子の叫びで正気に戻り、栄津は刀を放り出す。愚かな妻の身代わりとなり、夫は屋敷の下敷きになったのか。

「旦那さま、返事をしてください。旦那さまっ」

大声で呼びかけながら、砕けた瓦をかき分ける。しかし夫からの応えはなく、いつしか火の手が上がっていた。

栄津は助けを求めるようにぐるりと辺りを見回して——ようやく外の惨状に気が付いた。

右を向いても左を見ても、闇の中で真っ赤な火が燃え上がり、悲鳴や怒号が飛び交っている。半鐘が鳴らないのは火の見櫓《やぐら》が倒れたせいか。

これからどうすればいい。どうすれば夫を助けられる……答えの出ない問いの前で栄津が途方に暮れたとき、千之助が歯を食いしばって立ち上がった。

「このままでは私たちも焼け死んでしまう。母上、逃げましょう」

父を見捨てるつもりかと非難することはできなかった。この状況を考えれば、年に似合わぬ賢明な判断だ。

「千之助、おまえは父上の刀を持って早く逃げなさい」

「いいえ、母上も一緒です」

栄津は刀を拾い上げ、嫌がる息子に押し付けた。

「父上は私をかばって屋敷の下敷きになったのです。たとえ生死がわからなくても、見捨てられるはずがありません」

「父上を無駄死にさせるおつもりかっ」

小柄な我が子に怒鳴りつけられ、栄津は束の間絶句する。そこへ帰ったはずの利三郎が駆け寄ってきた。

「栄津さん、千之助、無事かっ。國木田殿はどこにおられる」

栄津は地獄で仏に会ったとばかり大男に縋《すが》りつく。

「お願いです。夫を助けてください」

炎を上げる崩れた屋敷を見て、すぐに事情を察したらしい。利三郎は顔をこわばらせ、千之助のほうを見た。

「國木田殿は逃げ遅れたのか」

「いいえ、私のせいなのです。私が刀を取りに戻ったりしなければ……お願いです。

夫を助けてください」

　涙を流して懇願しても利三郎はうなずかなかった。ひどく険しい表情で栄津の顔を見下ろしている。

「利三郎さんは夫と親しくしていたではありませんか。どうして助けてくれないのです。夫を見殺しにするのですか」

　動かない相手に業を煮やしてなじるように言う。すると、相手は意外にも「そうだ」とうなずいた。

「俺はこれから栄津さんと千之助を連れてここから逃げる。申し訳ないが、國木田殿は見捨てる」

　その言葉を聞いて栄津はとっさに腕を引く。利三郎から離れるためにずるずると後ろに下がった。

「私はここから動きません。千之助だけ連れていってくださいまし」

「いや、栄津さんにも一緒に逃げてもらう。國木田殿はもう助からん」

「嫌です、私は諦めませんっ」

　声を限りに叫んだとき、鳩尾《みぞおち》に激しい痛みが走って栄津は気を失った。

四

十一月三日はよく晴れていた。

栄津は井戸端の脇にしゃがみ込み、ひとりで茶碗《ちゃわん》を洗っている。地獄のような大地震の晩からひと月、栄津と千之助は溝口道場で寝起きをさせてもらっていた。

この辺りは崩れた家も少なく、幸いなことに火も出なかった。地震直後は道場の板の間にあふれるほど多くの人が着の身着のまま雑魚寝《ざこね》をしていた。

その後お救い小屋ができ、身内の無事がわかるにつれてだんだん人が減っていった。今も残っているのは栄津たち母子を含めて十名もいない。

生きている限り腹は空くし、明日のことを考える。今も時折地べたは揺れるが、みな足を止めずに歩き続ける。この道場に身を寄せている人たちも昼間は仕事や焼けた家の片づけに出かけている。千之助も今日は下谷の春のところに行き、残っているのは自分ひとりだ。

ここに来た最初の五日間、栄津はまんじりともできなかった。目を閉じれば崩れた屋敷が脳裏に浮かぶ。まともに口が利けるまで十日かかった。千之助がいなければ、夫の後を追っていたかもしれない。

先月の地震で多くの死人を出したのは、本所《ほんじょ》、深川、浅草《あさくさ》といった下町だという。安普請の長屋が多いため、揺れたと同時に天井が崩れ落ち、身動きがとれなくなったところに火が回ったのだ。

一方、金持ちの多い日本橋周辺は土蔵と壁が崩れたくらいで、死人は数えるほどしか出なかったという。

こんなときまで金持ちのほうが恵まれるなんて、神さまも残酷なことをなさる。

栄津は手元に目を戻し、白い息を吐き出した。

春の住む下谷も激しく揺れたそうだが、娘家族とその住まいは無事だったらしい。姑の瑞枝は國木田家の災難を知り、「ぜひ我が家にいらして」と言ってくれたが、栄津は頑《かたく》なに断った。

今の自分は瑞枝のよく知る「しっかり者の栄津さん」ではない。いつもと異なるみっともない姿を知り合いにだけは見せたくない。何より家も身内も無事だった人に近づくことがつらかった。

どうしてあなたは何も失わなかったの。私は夫と築いたものをすべて失ってしまったのに――運のよかった人を見ると、どうしてもそう思ってしまう。

もちろん、筋違いな恨みであることは百も承知だ。それでも気の毒そうな顔をされると、怒りで呼吸《いき》ができなくなる。身内同士で楽しそうに微笑まれれば、嫉妬《しっと》で気が狂いそうになる。

——母上、しっかりなさいませ。母上がその調子では父上も成仏できません。

夫の亡骸《なきがら》を埋葬したとき、栄津は娘に叱られた。

半ば正気を失っていた栄津に代わり、千之助が利三郎の手を借りて夫の亡骸を見つけ出した。弔いの支度をしてくれたのも利三郎で、自分は妻でありながら変わり果てた夫をまともに見ることさえできなかった。

瓦版によれば、今回の地震で命を落とした人の数は四千人を超えるという。医者と僧侶は寝る間もないほど忙しく、早桶《はやおけ》は作る先から売れていく。夫を、子を、親を亡くしたのは自分だけではない。

若くてきれいな娘なら、悲嘆の淵《ふち》に沈んでいてもさまになる。だが、四十二の女がいつまでもめそめそしてはいられない。千之助のためにも前を向かなくてはと思っているのに、気が付けば後ろを向いている。

あのとき、刀を取りに戻ったりしなければ……今は刀剣の値が高いなどとさもしいことを考えなければ、夫は死なずにすんだはずだ。

隠居したら好きなことをすると言っていた。その前に死ぬなんて運が悪いにもほどがある。舅が好き勝手をしたツケを払い続けただけの一生だった。

せめて夫がやりたかったことを代わりにすれば、少しは供養になるだろうか。

栄津はそこまで考えて、「夫のやりたいこと」を知らない自分に愕然《がくぜん》とする。隠居したときの金を貯める前に、夫に何がしたいのかちゃんと聞いておくべきだった。

二十一年も一緒にいて連れ合いの望みさえ知らないなんて……夫はこちらの言うことに「ああ」とか「いや」と返すばかりで、自らの思いを語ることはめったになかった。洗い物をすべて終えると、栄津は井戸の脇にしゃがんだまま冷え切った両手で顔を覆った。

自分と同じ苦労はさせたくないから、千之助が二十歳になるまで隠居はしないと言っていた。栄津だってそう思っていたのに、息子はわずか十四歳で家督を継ぐ羽目になってしまった。

これからは自分がひとりで我が子を支えなくてはならない。お役目のことなど何ひとつわからない母親より、父親が生きていたほうが息子のためになっただろう。

もし、あの晩に戻ってやり直せるなら……我知らず奥歯を噛み締めたとき、「栄津さん」と声をかけられた。

「どうだ、少しは落ち着いたか」

振り向けば、出かけたはずの利三郎が立っている。栄津は慌てて立ち上がった。

「はい、利三郎さんには何から何までお世話になって。お礼の言葉もありません」

型通りの言葉を口にすれば、利三郎がかぶりを振る。

「口ではそう言っていても、栄津さんの目は怒っているぞ。國木田殿を見捨てて逃げたことを恨んでいるんだろう」

「そんなことは……」

ありませんと言えなくて、栄津の返事は尻すぼみになる。

自分と千之助が生きていられるのは目の前にいる男のおかげだ。頭ではそれがわかっていても、恨みがましい気持ちがうずく。

利三郎は「ひと目で相手の力量を見極めることが戦いの極意だな」と言っていた。あの晩、燃える屋敷を見て、勝ち目はないと見極めたのだ。

「千之助を助けてくださったことは感謝しております」

「言い換えれば、栄津さんは助けて欲しくなかったわけだな。共に死にたいと思うほど、國木田殿に惚《ほ》れておったか」

意味ありげに笑われて、栄津は目をつり上げる。

「違いますっ。夫は私をかばって我が家の下敷きになったから」

「命がけでかばうほど、國木田殿も栄津さんに惚れていた。独り身の俺には何とも耳の痛い話だ」

「利三郎さん、茶化さないでっ」

夫を亡くしたばかりの女をからかうなんて性質《たち》が悪い。むきになって言い返せば、利三郎が真顔になった。

「俺は茶化してなんぞいない。少なくとも國木田殿は栄津さんに惚れておった。酒を飲みながら、自分には過ぎた妻だと繰り返し言っていた」

「やめてください。今さら聞きたくありません」

悲鳴じみた声で遮り、栄津は己の耳をふさぐ。

私はおまえが妻でよかったと思っているぞ――千之助が生まれる前、一度だけ夫からそう言われた。おまえ以外の女なら遊び好きの舅と厳しい姑に音を上げて、とっくの昔に逃げ帰っているはずだと。

売れ残った者同士が否応《いやおう》なしに一緒になった。冗談にも「惚れている」なんて言われたことはない。それでも互いに助け合って二十一年暮らしてきたのだ。

「夫を亡くした栄津さんに悲しむなとは言わん。だが、終わってしまったことであれこれ悩んでも無駄だ」

利三郎の低い声が覆った耳の隙間から聞こえてくる。思わず顔を上げたところ、冷ややかな目とぶつかった。

「どんなに自分を責めたところで、國木田殿は生き返らん。夫にすまぬと思うなら、千之助のことを考えてやれ」

「……言われなくてもわかっています。それでも考えてしまうんです」

絞り出した栄津の声はみっともなく震えていた。しかし、厳しい師範代は容赦がなかった。

「妻と子を守って死んだんだ。あっぱれな最期ではないか。誇り高い侍の妻としてふさわしい振る舞いを」

「もうやめてっ」

耐えきれなくて遮れば、こらえきれずに涙があふれる。

何が「誇り高い侍」だ。夫と知り合ってひと月しか経っていないくせに、知ったふうな口を利かないで。

見た目は良くても覇気がなく、母や妻に言われて仕方なく腰を上げる人だった。そういう夫を二十一年支えてきたつもりだった。自分ひとりが苦労をしている気になって……守られていることに気付かなかった。

常にあれこれ考えて抜かりなく備えてきたつもりなのに、こんなことになるなんて夢にも思っていなかった。すべてがあまりに突然すぎて、「やっぱりこうなったか」なんて口が裂けても言えそうにない。

「私ではなく、夫が生き残るべきだったんです。公儀のためにも、千之助のためにも、そのほうがよかったのに」

いい年をして人前で泣くなんてみっともない。頭ではそう思っていても、なかなか嗚咽《おえつ》を止められない。顔を上げられずにいたら、利三郎の声がした。

「水戸《みと》の藤田東湖《ふじたとうこ》も老いた母をかばって命を落としたそうだ。これで斉昭《なりあき》公を止められる人がいなくなってしまったな」

水戸藩の上屋敷《かみやしき》は小石川《こいしかわ》にあり、深川同様揺れが激しかったらしい。藤田東湖は斉昭公の懐刀で、異国嫌いの殿様を唯一諫められる方だったとか。

「天下のことを思うなら、東湖は母を見殺しにして己が生きるべきだった。本人もわかっていたはずなのに、身体が動いてしまったんだろう」

老い先短い母よりも、余人に代えがたい息子のほうがはるかに大事に決まっている。それでも当の本人には老母が大切だったのだ。

だが、かばったほうは満足でも、かばわれたほうはたまらない。東湖の母も自分が死ねばよかったと涙に暮れているだろう。栄津は今だけだからと言い訳しつつ、身体を丸めて泣き続けた。

この命が尽きるまで、私は恐れと後悔に塗り潰された安政二年十月二日の晩を忘れない。

江戸が神さまに見捨てられた月のない晩のことを。

第七話　江戸の土

――五十五歳

一

死者は年を取らないが、記憶の中の面影は常に同じとは限らない。

夫を失って数年経つと、栄津はつらいことがあるたびに、「あのとき、いっそ死んでいれば」と夫を恨むようになった。

幕府の威光が衰えたことを天下に示した大老暗殺、攘夷《じょうい》の高まりと公武合体のための和宮《かずのみや》さまのお輿入《こしい》れ、将軍の影武者である御徒《おかち》はいつの間にか鉄砲を担がされるようになり……ほんの十数年の間に、子供の頃から信じていたこの世の秩序は片っ端からひっくり返った。

長州《ちょうしゅう》との戦では、時の将軍家茂《いえもち》さまが出陣なさったにもかかわらず、その突然の死によって失敗に終わった。その後、英名高き一橋家《ひとつばしけ》の慶喜《よしのぶ》さまが将軍職を継がれたものの、大政奉還《たいせいほうかん》をなさったばかりか、今年（慶応《けいおう》四年〈一八六八〉）の正月の鳥羽伏見《とばふしみ》の戦では自軍が劣勢と見るや否や、兵を見捨てて上方《かみがた》から江戸へ逃げ帰られる始末。

四月十一日には、とうとう江戸城が官軍に明け渡された。寛永寺《かんえいじ》に入られていた慶喜さまは水戸に下られ、徳川宗家《とくがわそうけ》は御年六歳の家達《いえさと》さまが継がれるという。こんな多事多難の折に幼君とは、頼りないことおびただしい。それでも、家督相続は認められたのだ。徳川家は今後も続くのだと思っていたら、

「家達さまは駿府藩《すんぷはん》七十万石の藩主となられたそうです」

蟬《せみ》の声がうるさい六月三日の昼下がり、息子の千之助が改まった口調で切り出した。

今年は閏四月から五月にかけて、にわか雨が多かった。五月八日の夜には特にひどい大雨が降り、大川の水があふれかけ、湯島《ゆしま》のほうでは崖《がけ》が崩れたという。そして今月に入ってからは、ひときわ蒸し暑い日が続いている。

栄津は予想だにしなかった言葉を聞いて、たちまち背筋が凍った。

「たった、七十万石ですか」

呻《うめ》くような呟きが我知らず口から漏れ落ちる。

徳川宗家は幕府直轄領に旗本知行所を含めて、およそ八百万石。それが十分の一にも満たない七十万石に減らされるのか。加賀前田家《かがまえだけ》は百二万五千石、薩摩島津家《さつましまづけ》だって八十万石はあるというのに。

それっぽっちの所領で、およそ三万とも噂される旗本御家人を養えるはずがない。こちらの不安を察したように千之助が話を続ける。

「ついては、我ら御家人にも身の振り方を考えろとの沙汰《さた》がありました」

徳川家と縁を切って新政府に仕えるか、これから先も徳川家の家臣として無禄《むろく》で駿府に移住するか——おのおの好きな道を選べと申し渡されたそうである。

官軍との戦に負けて、二百六十余年続いた徳川の世は終わりを告げた。これからはさらに厳しい暮らしを強いられると覚悟もしていた。

だが、無禄で見知らぬ土地に住めとは、あまりにむごい。栄津は足元の地べたが割れて、まっさかさまに落ちていくような恐れを感じた。

家を支え、夫に尽くし、子供を育ててきたのは何のためか。女としての役割を一所懸命に果たしていれば、祖先や親と同じように生きていけると信じていたのに。

まさか、齢《よわい》五十五でこんな憂き目を見るなんて。本来ならば、嫁に身の回りの世話をされ、孫の遊び相手をして暮らしているはずではないか。

遠慮のない蟬の鳴き声が容赦なく耳に突き刺さる。辺りに響く大声で泣きわめきたいのはこっちのほうだ。

いや、蟬も己の命がもうすぐ尽きることを承知して、声を限りに鳴いているのか。

噴き出す汗をやけに冷たく感じながら、栄津は腹に力を込めた。

「それは、まことなのですか」

洒落《しゃれ》や冗談ではないとわかっていても、確かめずにいられない。震える声で尋ねれば、倅はすぐに顎を引く。

「はい。ない袖は振れぬということでしょう」

すべてを失おうとしているのに、千之助の声は落ち着いていた。

傍《はた》から見れば、末頼もしい当主ぶりだ。しかし、怒りと不安に苛《さいな》まれた目には小癪《こしゃく》に映るばかりである。

顔のつくりこそ私に似たけれど、中身は誰に似たのかしら。喜怒哀楽のはっきりしないところは死んだ夫に似ていても、あの人はもっと煮えきらなかったわ。

二十七になって未《いま》だ嫁すらいない息子を栄津はじろりと睨みつけた。

「國木田家の当主はおまえです。おまえはどちらを選ぶのです」

「もちろん、どちらも御免です」

迷うことなく返されて、それくらいわかっていると心の中で悪態をつく。

敗れた敵に仕えるなど、武士としてあるまじきことである。

さりとて生まれ育った江戸を出て、見知らぬ土地で暮らすのも恐ろしい。まして今後は浪人よろしく無禄になるのだ。

今さら言っても始まらないが、兵の数で上回っておきながら、なぜ薩長に負けたのか。さんざん大口を叩いておいて、肝心なときに役立たずとは情けない。本当に男は見かけ倒しばかりで困ったものだ。

嫌だと言って逃げられるなら、誰が悩んだりするものか。栄津は倅から目をそらし、こめかみをそっと指で揉《も》む。

「では、これからどうやって生きていくというのです」

「江戸に留《とど》まり、百姓になります」

いくら何でもそれはない。栄津は細い目を見開いた。

千之助は十四で家を継ぎ、お城勤めの傍ら武芸と砲術の稽古に明け暮れてきた。中でも砲術の稽古には熱心で、四年前から銃隊取締役《じゅうたいとりしまりやく》に任ぜられている。亡き夫より武士らしいとひそかに誇らしく思っていたのに、よくもそんな台詞を言えたものだ。

「武士としての誇りを捨てると言うのですか」

栄津は娘の頃から今に至るまで畑仕事に追われてきたが、それでも自分は武家の女だという誇りがある。御徒一番組の長沼家に生まれ、國木田家に嫁いで御徒の妻となり、我が子が跡を継いでからは御徒の母となった。

官軍の世になろうとも、百姓町人とは身分が違う。生まれたときからのよりどころを失えば、老いた身に何が残るのか。國木田家を守って亡くなった夫や義父母にも顔向けできない。

勢い責めるような口調になると、千之助が苦笑する。

「幕府の滅亡と共に、御徒もいなくなりました。母上は今までも組屋敷の庭に畑を作り、耕してこられたではありませんか。私が百姓になったところで、やることはたいして変わりますまい」

「やっていることは一緒でも、心の持ちようは違います」

「無禄で駿府に行ったところで、畑仕事や内職に明け暮れることになるんですよ。勝手のわからぬ土地で苦労を重ねるくらいなら、生まれ育ったこの江戸で百姓をしたほうがまだましだと思いませんか」

なるほど、理屈はそうだろう。だが、「御新造さま」と呼ばれていた身が「百姓のばあさん」になるのである。情けなくて涙が出そうだ。

駿府に行けば、無禄であっても武士の端くれには違いない。周りは同じ境遇の者ばかりで、慰め合うこともできるだろう。

たとえ暮らしは貧しくとも、気持ちの上では楽ではないか――そんな思いが頭をかすめ、栄津は不機嫌に異を唱える。

「百姓をすると言うけれど、おまえも知っての通り、我が家には蓄えがありません。よろず金のかかるこの江戸で、住まいや畑はどうするのです」

安政二年の地震で家が崩れた國木田家は、やっとの思いで建て直した直後に江戸を襲った大雨により再び半壊した。

栄津は天を呪《のろ》いつつ、札差に頭を下げてもう一度金を工面した。それからはひたすら畑仕事に精を出し、余計なものを一切買わずに暮らしを切り詰めてきたのである。その甲斐あって去年の夏に借金を返し終えたとたん、幕府がなくなってしまったのだ。

手元に残っている金では、裏長屋の店賃《たなちん》だって払えるかどうか怪しい。ここ数年、世情不安であらゆるものの値が跳ね上がっている。

しかし、千之助は動じなかった。

「先生のところに厄介になりますので、そういう心配は無用です」

「先生とは……まさか利三郎殿のことですか」

「はい」

水嶋利三郎は六年前に剣を捨て、今は江戸の外れの金杉村《かなすぎむら》で百姓のような暮らしをしている。何年も会っていない顔を思い浮かべ、栄津は顔をしかめた。

「利三郎殿にはかつてさんざんお世話になりました。さらなる迷惑をかけるわけには参りません」

「さんざん迷惑をかけたからこそ、今さら遠慮など不要でしょう。母上共々厄介になりたいとお願いしたら、先生は快く承知してくださいました」

けろりと言い放つ倅を見て、頭に鈍い痛みを覚える。

十三年前の大地震の晩、栄津と千之助は利三郎に命を救われた。

以来、父を亡くした息子の支えになってくれたのは、ありがたいと思っている。

剣術の才に欠ける千之助が砲術の稽古に励んだのも、「これからは砲術の世だ」という利三郎の言葉があったからだ。

そう思う一方で、栄津は口に出せない恨みを捨てられなかった。

どうして私を助けたの。

夫と共に死んでいたら、こんな苦労はしなかったのに。

大きな困難にぶつかるたびに、理不尽な恨みが込み上げる。

身を捨てて妻をかばった夫のため、まだ頼りない息子のために、栄津は生きなければならなかった。頭ではちゃんとわかっていても、千之助との二人暮らしはつらいことが多すぎた。

おまけに、世間の人からは利三郎との仲を勘繰られ、さんざん不愉快な思いをさせられた。

ここでまた世話になれれば、かつて二人の仲を怪しんでいた連中に「やはりそういう仲だった」と陰口を叩かれるに決まっている。それだけは絶対に避けたいと、栄津は顔つきを厳しくする。

「利三郎殿には二人の兄上がいらっしゃるのです。赤の他人の私たちが甘えていいお人ではありません」

「赤の他人と言いますが、先生がコロリにかかったとき、看病をしたのは母上です。水嶋家の人たちは誰ひとり見舞いにも来なかったではありませんか。今さら身内面《づら》をして頼れる筋合いではありません。先生だって『母上のおかげで命拾いをした』とおっしゃっておられます」

忘れていたことを引き合いに出され、栄津は返す言葉に困った。

あれは安政五年八月、激しいおう吐や下痢を繰り返した末に、干からびたようになって命を落とす――そんな恐ろしい流行病《はやりやまい》が江戸で猛威を振るっていた。

その病を俗に「コロリ」と呼び、「異人が持ち込んだ病だ」とか、「魚を食べれば、コロリになる」とか、「生の鰯《いわし》は特に危ない」とか、さまざまな流言《りゅうげん》が飛び交った。そのせいで魚は売れなくなり、仕事を変えた棒手振《ぼてふ》りもいたほどである。

焼き場の煙は絶えることなく、棺桶は作るのが間に合わない。人の死が当たり前になる光景は、栄津に夫の死とそれにまつわる諸々《もろもろ》を思い出させた。

そんなとき、めったに風邪もひかない利三郎が腹を下して寝込んでしまった。栄津は取るものも取りあえず看病に駆け付けたのである。

「利三郎殿はコロリではなく、ただの食あたりでした。もしコロリにかかっていたら、あの方も私も命を落としていたはずです」

「私が言いたいのは、先生の病がコロリか否かではありません。赤の他人の母上だけが我が身の危険を顧みず、先生の看病をしたということです」

「……流行病を恐れるのは、無理からぬことですよ」

我が子には言えないが、栄津もまた麻疹《はしか》にかかった幼い姪を見捨てたことがある。あのとき姪の看病をしてくれたのは、血のつながらない下男の治助だった。

治助は親に見捨てられた史穂を憐れみ、栄津は利三郎に恩を返しただけである。もし千之助が幼かったら、二の足を踏んでいただろう。

「私と利三郎殿はよからぬ噂を立てられたことがあります。ここでまた頼ったら、あの噂が本当だと認めるようなものです」

「馬鹿馬鹿しい。今は誰もが己のことで手一杯です。年寄りの色恋沙汰を邪推している暇などありません」

千之助の言うことはもっともだが、どうしてもうなずく気になれない。若い娘のように「でも」と「だって」を繰り返せば、千之助が苛立った。

「では、逆に母上にうかがいます。蓄えのない我らが駿府に行って、やっていけると思うのですか」

「でも、そういう方は大勢いるでしょう」

「大勢いるからこそ、駿府での暮らしは厳しくなる。それがわからないのですか」

幕臣の大半が駿府に行けば、住むところはもちろん、働き口や食料だって足りなくなる。徳川家もそれを見越して、「新政府への出仕」か「駿府への無禄移住」を選ぶように求めているのだ――千之助は厳しい表情で言いきった。

「周りと同じことをしていればいい。そういう日々は終わったのです」

栄津はとうとう黙り込んだ。

二

六月五日の朝、栄津は庭の畑に水を撒いた。

先月八日の大雨で、畑の作物はすべて駄目になった。その後、流された土を畑に戻し、小松菜の種を蒔いたのである。

小松菜ならば、ひと月ちょっとで収穫できる。しかし、他の家はそれどころではないとばかり、駄目になった畑を放置していた。庭の木を切り倒し、焚《た》き付けにした家もあるという。

この小松菜が大きくなるまで、私はここにいられるだろうか。

畑の隅々まで水を撒き、ふとそんなことを考える。姐さん被りの手ぬぐいをはずして、栄津は流れる汗を拭いた。

五十五の年寄りがひとりで井戸から水を運び、畑中に撒くのは骨が折れる。水の入った桶を担ぐたびに肩は痛み、腰はますます曲がっていく。

無駄になるかもしれないなら、いっそやらないほうがいい。

何度となくそう思っても、夏の日差しにうなだれる畑の小松菜を見捨てることができなかった。我が身の痛みも何のその、井戸端へと向かってしまう。

つくづく損な性分だと自嘲《じちょう》しながら、栄津は水撒きに使った桶を片づける。家に上がって身体の汗を拭き、鏡の前に腰を下ろした。

娘の頃から使い続けている鏡には、しわとしみに覆われた年寄りの顔が映っている。朝晩見ているはずなのに、その都度がっかりしてしまう。

自分がこんなふうになるなんて夢にも思っていなかった。数少ない取柄だった色白の肌も、長年の畑仕事のせいでもはや見る影もない。

この雀斑《そばかす》を何とかしたい。しもぶくれの顔が気に入らない――十七の頃だって、自分の顔が気に入らなかった。だが、今となれば、実に贅沢な悩みである。ただ若いというだけで女はみな美しい。

若さも美しさも失って、今また身分まで失うのか。

栄津は思い切り眉を寄せ、ほつれた鬢《びん》を古い蒔絵の櫛で整える。蝶の螺鈿《らでん》が欠けてしまったこの櫛は、母と祖母、そして下男の治助の形見だ。

今日はこれから下谷に行き、娘の嫁ぎ先と身の振り方を話し合う。この蒸し暑い中を深川から下谷まで歩いていくのは大変だが、そんなことを言ってはいられない。

よそ行きの単衣《ひとえ》に着替えると、栄津は組屋敷を出た。田代家の人々、娘の春と夫の清兵衛、姑の瑞枝はどうするのだろう。

千之助は「関係ない」と言ったけれど、娘の嫁ぎ先は國木田家に残された唯一の身内だ。互いの今後について無関心ではいられなかった。

栄津の実家の長沼家とは、とっくに縁が切れている。兄の史郎が借金の形《かた》に長沼家を手放したのだ。今となっては一文の値打ちもないけれど、かつて御徒株の相場は五百両とも言われていた。

姿を消してずいぶん経つが、兄とその妻子は果たして生きているのだろうか。

傲慢《ごうまん》で身勝手な人たちだったが、悪運だけは強かった。御徒株を売ったおかげで、兄の倅は鉄砲を担ぐことも、戦に行くこともなかったのだから。気の毒なのは長沼家を買った養子のほうだ。

もし駿府に行くことになれば、おいそれと墓参りもできなくなる。ふとそんなことを思ったとき、下谷広小路の先に寛永寺の焼け落ちた堂塔が見えた。

五月十五日、上野《うえの》に集まった彰義隊《しょうぎたい》が官軍と戦った。昼までは一進一退だったが、官軍が大砲を撃ったことで勝負は決し、彰義隊は敗走した。

下谷の組屋敷に住む御徒とその家族は、目と鼻の先で行われる戦を恐れた。十四日の夜には、誰ひとり組屋敷に残っていなかったという。田代家も深川の國木田家に身を寄せていた。

徳川家の菩提寺《ぼだいじ》がこんな姿になるなんて。往時の眺めを思い出し、栄津の目頭が熱くなる。

官軍との戦いは一日足らずで終わったものの、その後の残党狩りは熾烈《しれつ》を極めた。彰義隊士をかくまえば同罪になると脅されて、逃げてきた身内を追い返した家も多いと聞く。

先の将軍が恭順《きょうじゅん》の意を示した以上、官軍と戦うことは主君の命に背くことだ。それでも「何もせずに終われない」と思い詰めたのだろう。彰義隊には元服して間もない少年が数多く含まれていたそうだ。

ここで命を落とした隊士の母はどんな気持ちでいるのやら。武門の意地を示した我が子を誇りに思っているのだろうか。まだ若い母親たちの嘆き悲しむさまが脳裡《のうり》に浮かび、申し訳ない気持ちになる。

――自分より強い相手とは戦わないことだ。ひと目で相手の力量を見極めることが戦いの極意だな。

水嶋利三郎からそう教えられた千之助は、血気にはやる若者に終始冷ややかな目を向けていた。銃を担いで長州兵と戦った身には、重代《じゅうだい》の刀を誇らしげに掲げる姿が滑稽だったのかもしれない。

だが、負けを承知で戦った彰義隊のおかげで、旧幕臣の面目はかろうじて守られた。そう感じたのは栄津ひとりではないはずだ。

ひょっとしたら、先の将軍さまも利三郎や千之助のような考えをなさったのか。自分が先頭に立てば勝てると思って戦を始めてみたものの、すぐに負けを悟ったから、しっぽを巻いて逃げたのか。

命を惜しむな、名を惜しめ。

それが武士の誇りではなかったのか。

やるせない思いを嚙み締めながら、田代家の門をくぐる。玄関で声をかけると、すぐに春が現れた。

「よくぞお越しくださいました。暑い中をお疲れさまでございます」

「こんなときに暑いの、遠いのと言っていられません。急ぎ身の振り方を考えなければ」

「本当に大変なことになりました」

國木田家を去って下谷の組屋敷に戻ってから、まだ二十日と経っていない。にもかかわらず、出迎えてくれた娘はすっかり面やつれをしていた。

頬はげっそりとこけ、目の下の隈《くま》がひどく目立つ。これからのことを考えると、不安で眠れないのだろう。

娘の春は三十三で、二人の我が子――長男の清太郎《せいたろう》は十二歳、次男の兵吉《へいきち》は十歳である。徳川の世が続いていたら、少なくとも清太郎の行く末は心配しなくてすんだものを。

自分が春の年頃には、悪名高き天保の改革でひどい目にあった。しかし、今の状況に比べれば、はるかにましだ。

私は先が短い身で助かった。

口にできないことをちらりと思い、栄津は用件を口にした。

「この先どうするか、清兵衛殿はもう決心なすったのですか」

「……まずはお上がりくださいまし。深川から歩いてきたのなら、喉《のど》が渇いておられるでしょう」

促されるまま後に続き、奥の座敷に通される。そこには白髪交じりの髪を振り乱して涙に暮れる姑がいた。

「瑞枝さま、どうなさいました」

「ああ、栄津さま。栄津さまのところはどうなさるのです。私は生まれ育ったこの江戸を離れたくありません。老いた身で見知らぬ土地へ行くくらいなら、今すぐ死んだほうがましですっ」

栄津の顔を見るなり、瑞枝が勢いよくしがみつく。どうやら当主の清兵衛は駿府への無禄移住をすでに決めているようだ。

剣術自慢の娘婿は恐らくそうするだろうと思っていた。栄津は取り乱す瑞枝の背中をさすってやる。

「気の弱いことをおっしゃいますな。駿府に行かないのなら、新政府に仕えるか、刀を捨てて商人か百姓になるしかないのですよ」

田代家は國木田家よりも古い家柄で、瑞枝はその血を誇りに思っていたはずだ。

ここでわがままを言うのは見苦しい。

胸によぎったこちらの思いが掌《てのひら》を通じて伝わったのか。瑞枝は顔を上げ、赤い目を険しくする。

「では、栄津さまも駿府へ行かれるのですか」

「……我が家は、まだ決めかねております」

「まさか、新政府に仕官なさるおつもりか」

「いいえ、そうではありません。その……倅は江戸で百姓をすると言い出して」

ためらいがちに打ち明ければ、お茶を運んできた春がいきなり横から口を挟む。

「母上、それはまことでございますか」

「え、ええ」

「何と不甲斐ない。私は千之助を見損ないました」

春は國木田家も駿府へ行くと思い込んでいたらしい。不機嫌もあらわに栄津の前にお茶を差し出す。

一方、瑞枝は気を取り直し、栄津から離れて姿勢を正した。

「慣れ親しんだこの江戸で暮らせるなら……それもよいかもしれません」

「瑞枝さま、急に何をおっしゃいます」

「私たちも江戸に残って商いをしましょう。春から清兵衛にそう言ってちょうだい」

気位の高い瑞枝が商人になりたいと言い出すなんて。呆気に取られる栄津の横で、春の形相が一変する。

「清太郎と兵吉に『誇り高き武士になれ』と繰り返しおっしゃったのは、義母上《ははうえ》ではありませんか。家名を捨てて商人になるなど、とんでもないことです」

「徳川家に仕えていても禄はいただけないのです。駿府に行ったところで、暮らしに困るのは目に見えています」

「義母上っ」

声を荒らげる嫁を姑は負けじと睨みつける。二人の間に挟まれて、栄津は慌てて春に聞いた。

「そういえば、清太郎と兵吉はどこにいるのです」

祖母と母親の言い争う姿なんて孫には決して見せたくない。春は険しい表情のまま、「道場で剣術の稽古をしております」と早口に言った。

「銃を担いで戦に行く世になろうとも、武士の魂はあくまで刀に宿る。それが夫の考えですから」

胸を張る春の声には誇らしげな響きがあった。

だが、薩長との戦いで刀が役に立たないことははっきりしたではないか。そういえば、清兵衛は砲術嫌いだと千之助が言っていた。

——義兄上《あにうえ》は「上さまの影武者たる御徒が筒袖《つつそで》の着物にダンブクロを穿《は》かされるなど、決してあってはならない」とおっしゃるのです。ですが、上さまをお守りするために、今は影武者よりも銃を担いだ歩兵が必要です。拝領の黒羽織を着られないと、すねている場合ではありません。

銃を撃つには着物の袖が邪魔になる。筒袖にダンブクロという恰好は百姓兵と同じだが、文句を言っている場合ではないとも。

幕府は異国との戦いに備えるため、安政三年に築地《つきじ》に講武所《こうぶしょ》を、そして芝新銭座《しばしんせんざ》には砲術習練所《ほうじゅつしゅうれんじょ》を開いた。御徒はその両方で稽古をしたにもかかわらず、砲術の目録を得た者は一割にも満たなかったとか。

外孫とはいえ、清太郎と兵吉はかわいい孫だ。清兵衛の教えに従っていては、世の流れに取り残されないか。

栄津がひそかに気を揉んだとき、瑞枝が忌々しげに吐き捨てた。

「馬鹿馬鹿しい。本当に武士の魂があるのなら、負け戦をした挙句、おめおめと江戸に帰ってくるものですか」

「血を分けた息子に何ということをおっしゃるのです」

「春だって本当はそう思っているのでしょう。隠さなくてもいいのですよ」

「義母上っ」

姑の暴言に春がたちまち気色ばむ。栄津は言葉もなく二人のやり取りを見守ることしかできなかった。

三

嫁姑の言い合いはその後も続いたが、最後は瑞枝が春に譲った。姑の立場は老いと共にだんだん弱くなっていく。

若い頃は新しいものを学び、受け入れ、楽しむこともできる。だが、年を取れば、新しいものは厄介で、おっくうなものになる。駿府行きを嫌がる瑞枝の気持ちはよくわかった。

栄津だって進んで江戸を捨てたいわけではない。だが、身分を捨てるくらいなら、駿府に行ったほうがましではないか……。

己の結論が出ないまま、疲れた足を引きずって深川に戻る。ほどなく、利三郎のところに行っていた千之助も帰ってきた。

「母上、田代家はどうすると言っていましたか」

まっさきに尋ねられ、栄津は小さなため息をつく。

「駿府へ行かれるようです。瑞枝さまは気が進まないようでしたが」

「やはり、そうですか。義兄上ならそうなさると思っていました」

千之助はうなずいて、台所へと入っていく。そして水瓶《みずがめ》の水を柄杓《ひしゃく》で汲《く》むと、音をたてて飲み干した。

「何ですか、行儀の悪い。喉が渇いたのなら、そうおっしゃい」

「わざわざ母上の手を煩わせるまでもありません」

こういう言葉を聞くたびに、早く嫁をもらえばよかったと後悔する。二十七と言えば、嫁どころか子供がいて当たり前の年齢だ。

こんなことになるとわかっていたら、二十二のときにあった小十人組《こじゅうにんぐみ》の娘との縁談を断ったりしなかったのに。まだ若いと思っているうちに、嫁取りどころではない世になってしまった。

「それで田代家と同じく、母上も駿府に行きたいと言うのですか」

座敷に腰を下ろしてから、千之助が話を続ける。栄津はためらいがちに思いを告げた。

「駿府に行きたいわけではありません。おまえが武士でなくなることが嫌なのです」

この家を守るために、夫は十五で元服して父の跡を継いだ。そして「五十五になったら、隠居する」と言いながら、四十九でこの世を去った。

「おまえも知っての通り、父上は私をかばって亡くなりました。私は父上に代わって、この家を守る使命があるのです」

「父上が命がけでかばったのは、國木田家ではなく母上でしょう。家を守るために命を縮めたら、それこそ父上が悲しみます」

まったく口の減らない子だと、栄津は内心苦笑する。すると、千之助がおもむろに居住まいを正した。

「何より、私が駿府に行きたくないのです。昨年の長州との戦で、私は九番隊の一員として芸州口《げいしゅう》で敵と戦いました。敵の弾に怯《おび》えて地に伏せながら、これが最期かと思ったのは一度や二度ではありません。そのとき、つくづく思ったのです。こんなところで死にたくない、どうせなら江戸で死にたかったと」

戦場となった地は、物見遊山《ものみゆさん》で訪ねれば風光明媚《ふうこうめいび》な土地だろう。だが、命がけで戦う者の目には地獄の入口に見えたそうだ。

「鳥羽伏見の戦はさらにひどかった。何しろ総大将に見捨てられたのですからね。他人を押しのけて軍艦に潜り込み、やっとの思いで品川に辿りついたときは涙が出そうになりました」

遠い目をして呟かれ、息子が帰ってきたときのことを思い出す。

ぼろぼろのダンブクロ姿に無精ひげを生やした千之助を見て、栄津は玄関先で立ち尽くした。倅の身体からは今までに嗅《か》いだことのないひどい臭いがしたけれど、構わず両手で抱き締めた。

あの瞬間は、無事に帰ってきたことが何よりもうれしかった。

身分も家名もどうでもいい。

生きていてこそ明日がある。

心の底からそう思った。

「それに、私は百姓より武士がえらいとは思っておりません」

「なぜです」

「幕府が薩長に負けたのは、旗本御家人が怠惰で不甲斐なかったからです。講武所でもっとも人気があったのは、昔ながらの弓術の稽古ですよ」

同じ飛び道具でも、銃と弓矢では威力が違う。にもかかわらず、幕臣たちは古式ゆかしい弓術をもてはやした。砲術よりも稽古が楽だというだけの理由で。

幕閣は来たるべき実戦に備えるため、講武所を開いたのだろう。だが、旗本御家人とその息子たちは武士の誇りを口にしつつ、本当に戦う日が来るなんてかけらも思っていなかったのだ。

「月代《さかやき》を狭くした講武所髷《まげ》が流行《はや》り、砲術は嫌いなくせに、銃砲調練の頭巾《ずきん》に舶来の生地を使う。筒袖、ダンブクロを嫌がり、号令通りに動かない。これでは異国の恐ろしさを思い知った薩長に勝てるはずがありません」

うそぶく千之助の口元が忌々しげに歪められる。旗本御家人の実情がそこまでひどいとは知らなかった。

「私はもはや徳川家の家臣であることに誇りを持つことはできません。千之助は長州との戦で死んだと思い、武士を捨てることをお許しください」

頭を下げる我が子から栄津は目を離せなかった。

そうだ。この子は戦で命を落とし、自分はひとり残されていたかもしれないのだ。

そのことに改めて思い至り、心の底からぞっとした。

亡き夫だって國木田の家を守るために苦労した。それでも戦に行くことはなかったし、死ぬまで妻子に囲まれて暮らしていた。

家のために己を犠牲にし続けた夫なら、國木田家の名が絶えてもきっと許してくれるだろう。栄津はとうとう覚悟を決めた。

「……百姓になることがおまえの望みですか」

「はい」

「ならば、好きなようになさい。この家の当主はおまえです」

静かに告げると、千之助が破顔する。

その顔を見て、栄津は重い肩の荷を下ろしたような気になった。

四

七月になって、武家地である番町《ばんちょう》や下谷の御徒町《おかちまち》、本所や深川の組屋敷の周りに相次いで店ができた。店の主人は禄を失った旗本御家人や元御用達《ごようたし》の商人である。酒屋、茶店、汁粉《しるこ》屋、蕎麦《そば》屋、紙屋、鮨《すし》屋、煙草《たばこ》屋、蠟燭《ろうそく》屋に乾物屋――さまざまな店ができたけれど、特に多いのが骨董《こっとう》屋と古道具屋だ。重代の家宝や不要になった鎧《よろい》、鎖帷子《くさりかたびら》などを売り払おうというわけだ。

栄津の知り合いも数人、深川の組屋敷内で古道具屋を始めた。

しかし、冷やかしらしき客しか見たことがない。幕臣が一斉に似たような商売を始めたので、「あっちの店のほうが安い」と声高に騒ぐ者もいる。

こんなところに店を出して、まともな客が来るのかしら。この近くに住んでいる者は、誰しも金に困っているのに。

素知らぬ顔で店の前を通り過ぎ、栄津はこっそり顔をしかめる。

いくら由緒正しい品だろうと、古道具で腹はふくれない。高価な茶道具や書画骨董の類《たぐ》いでさえ、ここぞと買い叩かれているようだ。

五月に種を蒔いた小松菜は無事収穫できるようになった。このところの國木田家の膳は小松菜尽くしになっている。それでもタダで青物が手に入るだけ、恵まれているほうだろう。

江戸の値上がりは天井知らずで、ことに食べ物の値は高い。栄津の小松菜に目を付けて、物欲しげな顔ですり寄ってくる輩《やから》も数多い。

昔なら「困ったときはお互いさま」と快く分けてやっただろう。だが、こっちだって生きるか死ぬかの瀬戸際だ。「うちは米が足りなくて」とか、「味噌《みそ》が残り少なくなった」と相手の前でため息をつき、決してタダではやらなかった。

畑の収穫が終わり、家の中が片づいたら、千之助と金杉村へ行く。裕福とは言えない利三郎に甘えるのは心苦しいが、背に腹は代えられない。

実家の隣の三兄弟――惣領でやさしい穣太郎や自分と同い年の又二郎ではなく、

三男で年下の利三郎の世話になるなんて、若い頃は夢にも思っていなかった。つくづく縁というのは不思議なものだ。

その水嶋家は、穣太郎の妻の実家である下谷の貸本屋、藤屋の厄介になっている。穣太郎は楽隠居のまま、跡を継いだ倅が貸本屋の手伝いをしているようだ。

他家に養子に行った又二郎は駿府に行くと噂で聞いた。

学問吟味に及第した秀才なので、新政府から声がかかってもおかしくないと思っていた。だが、又二郎の妻は大番士の出だ。きっと反対されたのだろう。徳川の世は終わっても、長年培われた誇りや意地はそう簡単に捨てられない。

武士が武士であるためには、仕える主君が必要だ。旗本御家人の多くは苦労を承知で駿府に無禄移住をする。その中に田代家も含まれていた。

六月の末に改めて「江戸で百姓をする」と伝えたところ、娘婿の清兵衛はあからさまに眉をひそめた。姑の瑞枝はうらやましそうな顔をしたが、何も言わずに目をそらした。

顔色を変えて罵ったのは、実の娘の春だった。

母や弟と離れることが不安だったのかもしれない。「母上は本当にそれでいいのですか」とまなじりを決して詰め寄られた。

娘は顔立ちこそ父親似だが、中身は自分に似ていたはずだ。炊事洗濯、料理の仕方から裁縫や畑仕事、礼儀作法やものの考え方まで、労を惜しまず教え込んだ。だから、春が憤慨する気持ちはわかる。母親として「家を守り、家名を上げることが何より大事」と、再三娘に言ってきた。実家を継いだ弟が百姓になるなんて、とうてい許せないのだろう。それを承知で栄津は答えた。

――國木田家の当主は千之助です。私に否やはありません。

娘にすれば、「今までと話が違う」と思ったはずだ。

しかし、「当主の考えに従う」と言われれば、夫の前で言い返せない。小刻みに肩を震わせる娘に申し訳なく思いながら、栄津は二人の孫にも別れを告げた。

この子たちが大人になる頃、世の中はどうなっているだろう。

できれば「剣術よりも学問や砲術の稽古を頑張りなさい」と言いたかったが、清兵衛に睨まれるのが関の山だ。栄津は「二人とも身体に気を付けなさい」と、精一杯の笑みを浮かべた。

駿府は遠い。これが今生の別れになるかもしれない。

栄津は未練を振り切って田代家を後にした。

ところが七月十五日の昼下がり、春がいきなり國木田家にやってきた。小松菜を採っていた栄津はたすきを外して着物を直し、慌てて娘を迎え入れた。

「……千之助はいないのですか」

挨拶もそこそこに春が尋ねる。出かけていると答えれば、わずかに困った顔をした。

千之助はすでに田代家と縁を切ったつもりでいる。春も弟のことを悪しざまに言っていたのに、考えを改めたのだろうか。

「今日は千之助に別れを言いに来たのですか」

だとしたら、母としてはうれしい限りだ。たった二人の血のつながった姉弟に喧《けん》嘩《か》別れはして欲しくない。自分と兄がそうだったから、より強くそう思う。

だが、春はやけにこわばった表情で口をつぐんでいる。そして、意を決したように栄津を見た。

「母上に折り入ってお願いがございます」

「何です」

「どうか田代の義母上を引き取ってくださいませ」

春は早口でそう言うと、額を畳にこすりつける。

聞けば、姑だけを江戸に残して、夫と子供と自分の四人で駿府へ行きたいという。

栄津は目を丸くした。

「何を言い出すかと思えば……そんなことができるはずないでしょう」

夫を亡くした娘が姑を連れて、「実家に戻りたい」と頭を下げるのなら話はわかる。

しかし、年老いた姑ひとりを実の母に押し付けようとするなんて、身勝手にもほどがある。

「先月末にお会いしたとき、瑞枝さまは駿府行きを納得されていたではありませんか。義理の母を捨てるなんて、嫁としてあってはならないことです」

次第に怒りが込み上げてきて、自ずと語気が強くなる。春は伏せていた顔を上げ、唇を震わせた。

「無理なお願いをしていることは重々承知しています。ですが、江戸を発《た》つ日が近づくにつれ、田代の義母は日増しに元気を失《な》くされているのです。食もすっかり細くなり、慣れない土地に連れていけば、床に臥《ふ》すのは目に見えています」

「そう思うなら、一家揃って江戸に残りなさい。こんな時世ですから、誰も非難はしないはずです」

下谷御徒町にも骨董屋や古道具屋が軒を連ねている。瑞枝のことを思いやるなら、徳川家に仕えることをやめればいい。

ところが、「そんなことはできません」と、春はすかさず言い返した。

「我が夫は千之助と違い、誇り高き徳川の武士です。たとえ禄を失っても、主家を見捨てることなどできません」

「では、瑞枝さまも連れて駿府に行きなさい。姑が寝込んだら、おまえが看病をすればいいだけのこと」

栄津も瑞枝も年のわりに頭も身体も達者なほうだ。それでも、あと五年もすれば、お迎えが来るだろう。

「姑を看取ることが嫁の務めです。私だって國木田の義母を看取ったではありませんか。おまえだって知っているでしょう」

叱るような口調で言うと、正面から睨み返された。

「おばあさまは口うるさいお方でしたが、身の回りのことは自分でなさっておられました。ですが、田代の義母は違います。年寄りだから、姑だからと、すべて私にやらせて平気な顔をしておられる。病の床に就かれたら、私はその傍《そば》を離れられなくなるでしょう。それではやっていけないのです」

駿府に行けば、今より苦しくなるのは目に見えている。大人はひもじくても我慢できるが、食べ盛りの子供二人はそうもいかない――春はそこまで言ってから、両手を胸の前で固く握った。

「満足に三度の食事を食べさせようと思ったら、内職や畑仕事に精を出すしかありません。甘ったれた姑に構っている暇などないのです」

勢いよく吐き捨てる娘の姿に、栄津は目を疑った。

一人娘を田代家に嫁がせたのは、瑞枝が家付き娘だったからだ。姑に仕えたことのない瑞枝なら、嫁にうるさいことを言うまい。自分が厳しい姑で苦労をしたから、娘には同じ思いをさせたくなかった。

だが、春は國木田家の祖母のほうがはるかにましだと吐き捨てる。きっとあらゆる嫁にとって、自分の姑がもっとも扱いづらいのだろう。

千之助が縁遠かったのは、ひょっとして私のせいかしら。そんなことまで思いが及び、栄津は内心ひやりとする。

返事をしない母に焦《じ》れたのか、春が畳を手で叩く。

「母上だって孫はかわいいでしょう。清太郎と兵吉のため、どうか田代の義母の面倒を見てやってくださいまし」

血のつながらない姑よりも、年老いた母よりも、我が子のほうが大事――それが春の本音のようだ。同じ母として、その気持ちはよくわかる。

栄津もまた我が子が大事だった。

他家に嫁いだ娘より、共に暮らす倅のほうが。

「國木田家の内証はおまえも知っているでしょう。働かない居候を抱える余裕なんて、これっぽっちもありません」

「でもっ」

「私だって本当なら嫁にかしずかれている年なのです。手に余る姑の面倒を押し付けようとするなんて、呆れてものも言えません」

言葉はきついかもしれないが、娘が望んでいるのはそういうことだ。春は目をそらし、弱々しい声を出す。

「押し付けるだなんて……母上は田代の義母と親しくしていらっしゃったではありませんか」

「ええ、同じ御徒の家に生まれた者同士、昔からよく知っております。だからこそ、瑞枝さまは私に頼りたくないでしょう」

迷いのない栄津の言葉に春の顔がくしゃりと歪む。かわいそうだと思ったけれど、これは娘が乗り越えることだ。

「それに私と千之助は二人で暮らすのではありません。水嶋利三郎殿のところで厄介になるのです。居候が居候の面倒なんて見られるものですか」

できれば言いたくなかったが、これで春も諦めるだろう。そう思って言えば案の定、春は大きく目を見開く。

「母上、水嶋殿との噂はまことだったのですか」

國木田の後家は倅が通う道場の師範代と情を交わしている——夫の死後、母子二人の屋敷を訪れる利三郎の姿を見て、邪推する者は少なくなかった。とはいえ、実の娘にまで疑われるのは心外だ。

栄津はますます不機嫌になり、これ見よがしに嘆息する。

「いきなり何を言い出すのです。嘘に決まっているでしょう」

「私だってただの噂と信じておりました。ですが、今にして思えば、千之助がやけに懐いていましたし」

「十四で父を亡くした少年が命の恩人に懐くのは当然です」

あまりにも馬鹿馬鹿しくて、返す言葉がそっけなくなる。春は束の間黙り込み、さらにとんでもないことを言い出した。

「まさかとは思いますが、千之助の父親が水嶋殿ということは」

「何ですって」

「私と違って千之助は父上に似ておりませんし……母上は水嶋殿のことを昔から知っていたのでしょう」

言われたことが信じられず、呆然《ぼうぜん》と娘の顔を見る。

噂というのはつくづく恐ろしい。利三郎とは息子の剣の師として再会するまで、二人きりになったこともなかったのに。

この子は本気で私を疑っているのだろうか。それとも私に腹を立てて、言いがかりをつけているだけか。

たとえ母子の間柄でも、いや母子の間柄だからこそ、言ってはいけないことがある。栄津は奥歯を食いしばり、ふと兄嫁のことを思い出す。

兄と一緒になってから月足らずで生まれた赤ん坊を、世間は「大身旗本の落とし胤《だね》」と決めつけた。自分もその噂を信じていたが、果たして本当にそうだったのか。もし姪が兄の子であったなら、申し訳ないことをした。胸の痛みを覚えつつ、栄津の声は怒りに震える。

「天地神明に誓って、私にやましいところはありません」

こちらの声と表情から、春も言い過ぎたと思ったようだ。それ以上余計なことは言わずに、そそくさと立ち去った。

七月末、田代清兵衛は妻子と母親を伴って駿府へと旅立った。

五

八月一日は、権現様《ごんげんさま》が江戸に入られた大事な日である。栄津と千之助はその日に金杉村へ引っ越した。

利三郎の住まいは、座敷が二間に板の間が一間のごく狭い家である。場所ふさぎになる簞笥《たんす》の類いを持ち込むことはできないので、泣く泣く捨て値で手放した。行李《こうり》三つと布団と台所道具を大八車に積んで運び、朝から始めた引っ越しは昼前に片づいた。

「お言葉に甘えてご厄介になります。どうぞよろしくお願いします」

手をついて頭を下げれば、利三郎は「気にするな」と笑って返す。畑仕事で日焼けした肌は真っ黒だが、鬢は白髪交じりになっていた。

この人も年を取ったと思ったとき、千之助が上機嫌で口を挟む。

「これからは、この三人で暮らしていくことになる。前途を祝して、今晩は少しいいものを食べましょう」

多少の金はあるらしく、足取りも軽く買い物に出る。利三郎と二人になった栄津は、前から気になっていたことを聞いた。

「何ゆえ剣の道を捨てたのですか」

六年前の文久《ぶんきゅう》二年、四十七歳の利三郎は溝口道場を去り、門弟から畑を借りて百姓暮らしを始めた。幕府が滅亡した今となれば、むしろ慧眼《けいがん》だったと言えるだろう。だが、剣の師がそんな暮らしをしていなければ、千之助だって百姓をしたいとは言い出さなかったはずである。

恨みを含んだ目を向ければ、日焼けしたいかつい顔に苦笑いが浮かぶ。

「そう言う栄津さんは、枯れた青菜に水をやるか？」

問いに問いで返されて、栄津は内心むっとする。

「いいえ、引き抜いて肥やしにします」

つっけんどんに答えると、利三郎がうなずいた。

「それと同じよ。俺にとっては幕府も剣術も枯れた青菜だったのさ。無駄と承知で手をかけるのは性に合わん」

「……男たちがみなそのような根性だから、あっさり官軍に負けたのです。女にはさんざんえらそうなことを言っておいて情けない。そのせいで、江戸は東京なんておかしな名をつけられて」

将軍のお膝元の「江戸」から、東の都の「東京」へ。まるで「京の分家」と言わんばかりで、口惜《くちお》しくてたまらない。

腹立ちまぎれに言い返し、我に返って後悔する。これから世話になる人に余計なことを言ってしまった。

気まずく口をつぐんだところ、思いがけないことを言われた。

「だが、そういう男を育てたのは女だろう」

「えっ」

「男ってのは、母親に頭が上がらん。確かに幕臣は口ほどにもない輩ばかりだった。しかし、男だけが悪いと責めるのは筋違いではないか」

男がだらしないのは、女にだって責任がある――涼しい顔でうそぶかれ、言い返すことができなかった。

「俺は子供の頃、母によく言われたもんだ。お隣の栄津さんのような女の子が欲しかったのに、と」

水嶋家にはすでに跡継ぎと次男がいるため、末っ子は家の手伝いをさせられる娘が欲しかったらしい。だが、月満ちて生まれたのは、無駄飯食いの三男坊だった。

そんな話をため息まじりに聞かされて、利三郎はより男らしさを追い求めた。剣の稽古に打ち込んだのも、そのせいだという。

「情けない話だが、男なんてそんなものだ。ついでに言うと、千之助が江戸で百姓をすると決めたのは、母親のためを思えばこそだぞ」

まさか、そんなはずはない。千之助は利三郎同様、武士であることに嫌気が差したと言っていた。

驚きを込めて見つめれば、利三郎は肩をすくめる。

「母は父を失ってから、息子のため、家のために苦労を重ねてきた。その母を見知らぬ駿府の地で死なせたくない。千之助はそう言っていた」

目の前の男に限って、その場しのぎの気休めを言うはずがない。栄津は無言ですり減った畳を睨みつけた。

息子が「駿府に行く」と言っていたら、自分は黙って従っただろう。

しかし、心の中では瑞枝と同じように取り乱したに決まっている。千之助が利三郎を頼ったのも、できる限り母親に苦労をさせたくなかったからか。

——昨年の長州との戦で、私は九番隊の一員として芸州口で敵と戦いました。敵の弾に怯えて地に伏せながら、これが最期かと思ったのは一度や二度ではありません。そのとき、つくづく思ったのです。こんなところで死にたくない、どうせなら江戸で死にたかったと。

若くして死の足音を間近に聞いた息子は、遠からず来る母の死にも思いをはせてくれたらしい。

住み慣れた組屋敷で死なせることはできなくても、せめて江戸の片すみで最期の時を迎えさせたい。母が長年耕してきた江戸の土に眠らせてやりたいと。

官軍が何と言おうとも、栄津にとって江戸は江戸だ。たとえ呼び名が変わっても、その中身は変わらない。ならば、身分を捨てることに何の不安があるだろう。

今まで苦労ばかりの報われない人生だと思っていた。

家を失い、身分を失い、娘との縁も切れ……それでも、母を思ってくれる息子が最後に残った。

「それならそうと、最初から言ってくれればいいものを」

意図せず口から漏れた声はみっともない鼻声である。

慌てて顔を覆ったら、利三郎に笑われた。

解説

青木千恵《あおきちえ》（書評家）

御徒《おかち》（徒士）とは、下級の武士のこと。徳川将軍家直参《じきさん》の幕臣だが騎乗は許されず、組単位で土地を拝領して住んでいた。下級といえども武士は武士。士農工商の身分制度が定められた封建社会において、禄だけでは暮らせずに内職をしていても、士分に誇りを持ち、武家のしきたりに則って暮らしていた。「武士は食わねど高楊枝」とは貧しくて食べられなくても食べたように悠々とふるまう意味だが、「やせ我慢」と同じことである。

本書は、御徒の家に生まれた栄津《えつ》の半生を描いた物語だ。江戸時代後期の文政十三年（一八三〇）、十七歳の栄津は、下谷《したや》の組屋敷に住んでいる。隣り合う水嶋《みずしま》家とともに代々御徒二十組の一番組に属する長沼《ながぬま》家では、二年前に父が亡くなり、兄の史郎《しろう》が跡を継いだ。学問も剣術も十人並み、癇癪《かんしゃく》持ちの史郎が、取り立てられて出世をする見込みはまずない。長沼家では、栄津が畑仕事をして家計を助けていた。人を雇う余裕はないが、訳ありの身を父に救われて以来、ただ働き同然で住み込み奉公を続ける下男、治助《じすけ》がいる。

栄津は、とにかく働き者だ。娘ざかりでおしゃれをしたい年頃なのに、せっせと畑仕事をしている。水嶋家の又二郎《またじろう》から「二男なんて貧乏くじだ」とこぼされたが、〈妹のほうがはるかに貧乏くじだ。男は学問に励めば道が開けるけれど、女は家事に励んだところでいつまで経っても報われない〉と内心で思っている。なのに、気持ちをあらためては働く。この頼もしい性格は生来のものだ。

栄津は、自分の容姿に劣等感を覚えている。おたふく顔で、一重の目。白い肌に雀斑《そばかす》が目立ち、人気の化粧本『都風俗化粧伝《みやこふうぞくけわいでん》』を愛読しては、雀斑の改善を試みる。御徒三番組組頭の娘で「御徒小町」の異名をとる器量よし、紀世《きせ》のことも気になる。同い年の紀世は「大身旗本の若様に見初められた」ともっぱらの噂だ。〈もう少し器量がよかったら、私の毎日も少しは変わっていたかしら〉。ところがその紀世が、あろうことか、兄嫁として長沼家に嫁いでくる。若様や役者との醜聞にまみれた身を引き取られる状態だったのに、家格の低い家に来てやったと見下してくる紀世に、栄津は反感を覚える——。

器量よしへの嫉妬が止まらない十七歳、兄嫁となった紀世とそりが合わず、自分には縁談が来なくて鬱々とする二十一歳、國木田《くにきだ》家に嫁ぎ、口うるさい姑《しゅうとめ》と幼子の世話に明け暮れる二十三歳……。十七歳から五十五歳まで、栄津の半生が描かれていく。

働き者で、我慢強く、姑に仕える栄津。「妻は夫を支え、家を守ることが仕事。御公儀のお指図通り質素倹約を旨として、よろず節約せねばなりませぬ」と言われ、幼子をあやしながら神妙な顔で承るその姿を読みながら、「えらいなあ」とため息が出る。ここでふと思うのだ。なぜ私（青木）は、栄津のような女性を「えらい」「できた女」と思うのだろう。「夫を支え、家を守ること」が美徳だと、意識のどこかに刷り込まれているのだろうか。栄津の生きた時代から百五十年ほどしか経っていない。栄津の経験は、今とそうかけ離れたものではないのだろう。

本書は、武家に生まれた栄津の生涯を追いながら、女性であること、生きることを問う物語なのだ。まずは、栄津の人生がどう変転して、そのつど何を思ったのかを追ってみてほしい。栄津の気持ちが実に精細に描かれている。自分と違う人の人生や気持ちを知ることができるのは小説ならではだ。

また、これは著者、中島要《なかじまかなめ》さんの小説の持ち味でもあるのだが、市井《しせい》の人々にまなざしを注いでいる点に注目だ。

私が中島要さんの小説を推す声を聞いたのは二〇一三年のことで、早速読んだのは『かりんとう侍』（双葉社）だった。主人公の日下雄征《くさかゆうせい》は、徒士より格上の旗本だが、次男坊で家を継ぐ未来は閉ざされている。大政奉還、ご一新の大動乱を迎える江戸後期の時代設定は本書とかぶる。『かりんとう侍』で次男坊の幕末青春小説を描いた中島さんは、次男坊より「貧乏くじ」の女性を主人公にして本書を描いたのだ。旗本より家格が低くて小禄の、下級武士の家の女性を主人公にし、江戸の土に近いところまで視座を低く据えた。この時代は現代よりもはるかに女性の生き方が制限されていたし、百五十年経た今も、男性と女性の立場は平等とは言いがたい。次男坊や女性ら、不安定な立場の人を主人公にしていて、中島さんはあてどない個人の生き方にまなざしを向けている作家だと思う。

　男女の別だけではない。日本ではバブル崩壊後の長期不況下で所得格差が拡大し、「勝ち組・負け組」「上流・下流」という言葉がさかんに言われた。いま切実なのは勝ち負けや上下のどちらかよりも、やはり個人の生き方なのではないだろうか。本書では、約四十年の長沼家、國木田家、水嶋家がたどった「家」の変遷も描かれる。天保の改革で質素倹約が美徳とされ、下級武士たちはきゅうきゅうとして暮らす。文政十二年（一八二九）の大火で神田・日本橋一帯が焼かれ、十七歳の栄津が火の用心を心に誓って家事にいそしんでいること、天保の改革を推し進めた鳥居耀蔵《とりいようぞう》の失脚、水戸《みと》藩の儒学者・藤田東湖《ふじたとうこ》の死など、史実を踏まえて描かれている。的確な時代考証で定評のある中島さんの小説は、史実とフィクションの塩梅が巧みだ。

文政の大火、「命さだめ」と呼ばれた感染症の流行、安政の大地震……。これらがこの時代に起こり、さらには二百六十年続いた徳川幕藩体制が揺らぐ。江戸後期から幕末にかけて、激動期の武家を題材にしていることも、本書の読みどころとして挙げたい。幕臣である徒士衆はどんな運命をたどるのか。代々の矜持《きょうじ》をきちんと守り、坦々と生きていた栄津は、貧しいながらも武家の誇りを胸に抱いていた。その姿は、世の中の状況に応じて日々を生きる今の人たちと同じで、価値観が底から覆された時代を舞台にしている点が、本書のテーマとつながっていく。

さて、そんなふうに自分とは異なる栄津の半生を読んでいて、私は「できた女」に反感を抱いただろうか。この解説の依頼をいただいて、正直なところ、私は戸惑った。栄津がとても「できた女」で、辛抱強くない自分の性格とだいぶ違うからである。

ところが読みながら、頷くことが多かったのである。娘時代は少しでもきれいになりたいと思い（十七歳）、ただひとり「じょうさま」と呼んでくれた治助に送り出されて、國木田家に嫁ぐ（二十一歳）。〈どうか國木田義三さまが信じるに足る人でありますように〉と希望を持って船出した。でも思い通りにならないことがたくさんあって、〈嫁に行く前は、嫁に行ったら道が開けると思っていた。嫁いでからは、子が生まれればうまくいくと信じていた〉と臍《ほぞ》を嚙《か》む（二十三歳）。

栄津はまさしくヒロインである。読んでいて反感を覚えなかったのは、彼女が魅力的だからだ。何より、心優しい。紀世のように人をさげすまないし、たとえマイナス感情を抱いていても、「してはならない」ことはしない。

自分と違うタイプの人だからといって、嫌うことはない。好きでないのは、容姿や家柄を鼻にかけて人を見下したり、人の不幸を願うような人だ。気位の高い紀世に反発し、噂好きな水嶋家の和江《かずえ》に同調しない栄津は応援したくなるタイプだ。だから性格も生きる時代も遠く離れているけれど、読みながら頷くところが多かった。

栄津が働くのは、褒められたくてしていることではない。自分で選んで自分の道を生きていて、周囲の人や世の中におもねっているわけではないのだ。

ただこういう心優しい、甲斐甲斐しい女性はちょっと損かもしれない。舅《しゅうと》は遊び好きで姑は口うるさく、夫は不器用。そんな婚家から逃げ出さないのは栄津だからこそと褒められて、〈本音は家の跡継ぎとタダで働く女手が欲しかっただけではないか〉と内心で看破しつつも続けてしまう。「やりがい搾取《さくしゅ》」というか、働き者は搾取されやすい。このあたりは同じ女性として複雑なところだ。

でも、本書は栄津の物語。いちばん頷いた点は、〈人はいつか必ず死ぬ〉という、三十二歳になった栄津の感慨だ。江戸時代は現代よりも平均寿命が短く、栄津は三十二歳で大切な人との死別を少なからず経験している。十七から五十五までの四十年足らずで、栄津の人生にどんな人たちがどうかかわっていたか。〈たぶん人の一生は幸不幸がもつれ合ってできている。自分は不幸だと決めつけたら、そのとき真実不幸になる〉という気づきを三十二歳の栄津にもたらしてくれたのは、どんな縁によるものだったか。気づくか気づかないか、そしてどう生きるかで幸不幸の配分は変わってくる。しみじみする物語である。

著者の中島要さんは、二〇〇八年、「素見《ひやかし》」で第二回小説宝石新人賞を受賞してデビューした。初長編の『刀圭』（二〇一〇年、光文社）は若き町医者が主人公。二〇一二年に一作目を刊行した「着物始末暦」シリーズで、第七回歴史時代作家クラブ賞を二〇一八年に受賞している。他に「六尺文治捕物控」シリーズや、芝居に着目した「大江戸少女カゲキ団」シリーズなど、時代設定も題材も、その世界は広がるばかりだ。

人はいつか必ず死に、遠いどこかへ、歴史の中へと消えていく。栄津もまたその一人である。上級だろうと下級だろうと男性だろうと女性だろうと、「命」は平等だ。一人の人生はかけがえがない。栄津を主人公に、中島さんは人々を見つめて描きだしたのである。ぜひ最後の一行まで、栄津の人生を追ってもらいたい。

歴史の見方も、人の見方も一つではなくて、見る人の数だけあるのだろう。本書を手に取る読者によって、栄津の人生はさまざまな色になるのだと思う。

〈参考文献〉

『都風俗化粧伝　東洋文庫414』佐山半七丸／著、速水春暁斎／画図、高橋雅夫／校注　平凡社
『増訂　武江年表2　ワイド版　東洋文庫118』斎藤月岑／著、金子光晴／校訂　平凡社
『江戸の流行り病　麻疹騒動はなぜ起こったのか』鈴木則子／著　吉川弘文館
『御家人の私生活』高柳金芳／著　雄山閣
『安政江戸地震　災害と政治権力』野口武彦／著　ちくま新書
『禁じられた江戸風俗』塩見鮮一郎／著　現代書館
『幕末バトル・ロワイヤル　井伊直弼の首』野口武彦／著　新潮新書
『幕府歩兵隊　幕末を駆けぬけた兵士集団』野口武彦／著　中公新書
『幕末下級武士のリストラ戦記』安藤優一郎／著　文春新書

単行本　二〇一七年四月　実業之日本社刊

実業之日本社文庫 な81

御徒《おかち》の女《おんな》

2020年8月15日　初版第1刷発行

著　者　中島《なかじま》 要《かなめ》

発行者　岩野裕一
発行所　株式会社実業之日本社
〒107-0062　東京都港区南青山 5-4-30
CoSTUME NATIONAL Aoyama Complex 2F
電話 [編集]03(6809)0473 [販売]03(6809)0495
ホームページ https://www.j-n.co.jp/
DTP　ラッシュ
印刷所　大日本印刷株式会社
製本所　大日本印刷株式会社

フォーマットデザイン　鈴木正道(Suzuki Design)

ISBN978-4-408-55609-3（第二文芸）